不知
什么时候开始，你在我的身边，成了必然。

超人气畅销小说《冷一冷，别诱惑我》续篇

忍一忍，别诱惑我

[韩]白色猫咪 著 南春香 译

주인님 유혹하기

重庆出版集团
重庆出版社

版贸核渝字（2007）第 95 号

图书在版编目（CIP）数据

忍一忍，别诱惑我 /〔韩〕白色猫咪著；南春香译. —重庆：重庆出版社，2008.5
ISBN 978-7-5366-9622-8
Ⅰ. 忍… Ⅱ. ①白… ②南… Ⅲ. 长篇小说—韩国—现代 Ⅳ. I312.645
中国版本图书馆 CIP 数据核字（2008）第 047584 号

忍一忍，别诱惑我
RENYIREN BIE YOUHUO WO
〔韩〕白色猫咪 著 南春香 译

出 版 人：罗小卫　策　划：广东宏图华章
责任编辑：温远才 代媛媛　责任校对：刘晓燕
封面设计：陶然书装　封面绘图：笑 猪
版式设计：刘耀军　内文插图：墨辰一

重庆出版集团
重庆出版社 出版

重庆长江二路 205 号 邮政编码：400016 http://www.cqph.com
江苏昆山市亭林印刷有限责任公司制版印刷
重庆出版集团图书发行有限公司发行
E-MAIL：fxchu@cqph.com 邮购电话：023-68809452
全国新华书店经销
开本：787×1092mm 1/16 印张：13.5 字数：170 千
2008 年 5 月第 1 版 2008 年 5 月第 1 次印刷
定价：23.80 元

如有印装质量问题，请向本集团图书发行有限公司调换：023-68706683

目录

Contents

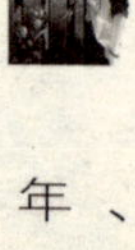

第一章 爱，还来得及

她拥进他怀抱，闻着他身上的香气，闭上眼睛，流着泪水。

“对不起，我像个傻子似的不懂自己的心，像个傻子似的听不到自己心脏的呼叫声，还有谢谢你一直守着我，谢谢你把我装在你的心里，谢谢你，真的谢谢你……”

孩子们看着不知所措的施兰，更加得意地嬉笑起来。

哐！

一个手里拿着水杯的女孩子向施兰撞来，施兰的后背瞬间被水浸湿。

“天啊，真是对不起！”

这个女孩子嘴角带着讥讽的笑，匆匆地走到朋友们那里。

施兰低着头不知所措。

因为侑兰从小就不喜欢和人交往，所以一直是一个人。但与侑兰不同，施兰是个既善良又温柔的人，所以周围一直有很多的朋友陪伴，从未被孤立过。

女孩子们团团围住施兰，嘲弄着她，但施兰只是呆呆地站着。

海珍看着惊吓过度的施兰，急忙走过来，对周围的女孩子吼道：“你们在做什么？”

“这是对她的惩罚，谁让她平时装得比谁都清高、优雅。”

“就是，是我的话都没脸来上课了。”

海珍听着这些不堪入耳的话，皱紧眉头吼着：“和你们有什么关系？竟然做出这么幼稚的事情！”

可能是被海珍的叫喊声吓到了，女生们唧唧喳喳了一会儿，就纷纷回到了各自的座位。

因为这个学校聚集了很多优秀的学生，所以有人被孤立的情况很少，但是一旦成为被孤立的对象，情况就会比别的学校更加严峻，何况这是多事的女生学校，就更不用说了。

“没事吧？”

海珍以怜悯的眼神看着低着头、一句话都不说的施兰。

虽然海珍把周围的女生赶走了，但在教室里的任何地方都可以听得见对施兰的骂声。

人已经走得差不多的教室里。

施兰和海珍的脸上都露出严肃的表情，两人对坐着。

施兰把自己家破产的事情和与菊黎同居的事情全部告诉了海珍。当然海珍对施兰的嫉妒也消除了。

“对不起，真是对不起！我对你隐瞒了这么多事情。”

施兰低着头向海珍道歉，海珍温柔地笑望着施兰，摇摇头。

“这是什么话，如果是我，也会很难说出口的。”

（我……真的没办法跟你比啊！）

温柔地笑着的海珍，虽然流露出了伤感的表情，但施兰并没有发现。

（你们真的在一起了，即使你和菊黎不是两相情愿……但像是命中注定似的……指不定……你比我更了解他……你和他的秘密比我更多……你比我更……）

海珍强忍住伤感，抓住施兰的肩膀，小心地问：“这件事，除了菊黎、你的初恋、老师之外还有其他人知道吗？”

施兰轻轻地摇着头。

虽然不想去怀疑他……不能去怀疑他……但是……除了他不会有其他人了。

知道事实的人当中，能做出这么冷酷的事的人只有他……

“那么，真的是韩菊黎那个家伙吗？”

施兰什么话也没有说。

海珍望着既是自己的偶像也是好朋友的施兰那憔悴的样子心如刀割。

海珍用手指帮施兰整理乱了的发丝。

“原来是韩菊黎！”

（他爱你爱得都做出了这种事情！）

海珍的嘴边露出了苦笑。

泪水像瀑布似的从施兰的眼睛里流下来，曾经优雅的气质消失得无影无踪。

海珍紧紧地抱住施兰，小声安慰着。

“没关系的，没关系的，不要介意她们说的话，你没有错，所以没关系的！”

施兰在海珍的怀里停住哭泣，闭上了眼睛。

（韩菊黎，你真的是抛弃了我，真的是不再喜欢我了……）

今天没看见过施兰一次。

他呆呆地望着通往施兰房间的墙上的门。

他的脚步慢慢地迈向那扇门，美丽的黑色眼睛全神贯注地凝视着它。

突然他迅速收回眼神，背靠着门蹲坐下去。最大限度地将身体靠向门，为了能感受到她的气息，聚精会神。

哪怕是一天看不到她，他都会焦虑不安……

哪怕是听不到她的声音都会思念成泪……

（会忘记的，让她伤透心之后，我会忘记她的，从现在开始我不会再向自己的心脏插刀了。）

他非常痛苦地下了决心。

他紧紧地闭了一会儿眼睛之后，站起身走向衣柜，目光突然扫过书桌上的习题集。

施兰手里拿着习题集，第一次到自己房间的情景清晰地浮现在脑海里。

那时候他还说过，为了她什么事情都会做，无论她做了什么样的错事都会原谅她、包容她……

他的决心被她插过来的刀截断。

咚咚！

被敲门声惊吓的他反射性地跑向门口。

但他突然停住了。

（你在做什么呢？韩菊黎！）

切！自嘲着将步伐转向书桌，面无表情地望着门。

“门是开着的。”

咔嚓！

门被打开了。

他的心跳加速。

“有位客人来找您。”

亲切而熟悉的嬷嬷的声音传到菊黎的耳朵里。

嘲笑着满怀期待的自己。

“怎么办好呢？”

“是哪位啊？”

一进接待室，就看到了被夕阳照耀着的短发的海珍。

菊黎既觉得惊讶，又觉得荒唐地笑着看着她。

“怪物！”

她瞪着他说道：“你可不可以别再那么叫我了？”

菊黎看着瞪着自己的她笑着。

和施兰不同，她是个让人非常愉快的女孩子。只要看到她心情自然会变得舒畅，什么不开心的事情、累的事情都会被忘记。

虽然他们一见面就会为鸡毛蒜皮的事情争吵，但是在一起确实很舒服。

“只是听别人说的，你家真的是巨富啊?!”

“不是我家，而是我爸爸的家。”

海珍听了菊黎的话，微笑着，然后好奇地看着墙上的壁画。

“我还以为你家在森林的另一侧呢，家里竟然还有用在高尔夫球场的迷你车?!”

“怎么问我啊？以后见到我爸爸了，你去问他吧！”

海珍听了菊黎的话，皱起眉头走向他。

“你竟然叫爸爸‘他’，那位可是生你的父亲啊！”

“你怎么来这里了？”

菊黎皱着眉头转移了话题。海珍难为情地看了一下菊黎，马上转移话题，指着墙上的动物画像兴奋地喊着。

“哇，你看那个，真是神奇啊！”

“你喜欢那种东西吗？我一看到那些东西，就感觉它们会跑出来，所以相当不喜欢。”

“男子汉还怕这东西，真没出息！”

菊黎听到海珍的讥讽，使出浑身的力气对海珍叫喊着：“谁说害怕了？我说的是不喜欢！害怕和不喜欢是两个概念！”

“我觉得对你来说完全一样。”

“不一样，怪物！你是为了找我的碴儿才来这里的吗？”

“天啊，我说对了吧?!”

海珍嬉笑着，开始戏弄他。

海珍一向是他的戏弄对象，但今天的情况完全反过来了。

“晕，你走吧，走！你是故意来气我的吧，气我是不是很开心啊?”

“当然开心了，嘻嘻！”

菊黎看着戏弄自己的海珍，气得浑身颤抖，但马上又笑着拍打着海珍的胳膊说：“你是来找甄施兰的吧?”

海珍目不转睛地盯着菊黎的脸，菊黎以为自己脸上有什么东西，用手胡乱擦拭着。

“我的脸上好像没什么东西啊?”

“现在把我放开吧。”

海珍冷冷地吐出了一句话，使他的脸又僵住了，他冷冷地看着她。

“现在你做的事情绝对不是因为爱情，而是错觉，那种做法会让施兰更加伤心。”

“谁说我爱她了?”

她听到他说出的话，眼里充满了伤感。

“如果你不爱她的话，就放她走吧，如果不想放她走的话，就去爱她吧！”

“你是什么东西，竟然在我面前说三道四?”

冷淡的口吻，像冰一样冷酷的眼神。

海珍不安地将视线转向地面，握起拳头，低声向他吐出了心声。

“只有这样我才不会有其他念头……去爱她吧……”

“现在已经不可以了。”

他那斩钉截铁的话使她的眼睛里充满了泪水。

泪水在眼眶里打转，嘴唇也在轻微地颤动着。

“那么我……无法控制我自己了……”

他皱紧眉头，凝视着她。她对他说道：“从现在开始，我不会再隐瞒了。现在……我要说出来，我……对你……”

砰！

门被打开了，施兰将视线转向门口，从座位上站起来。

（是他吗？会是他吗？）

“还好吧？”

来施兰房间的人，是打扮得非常淑女的海珍。

她开心地微笑着看着海珍。

“这到底是怎么回事？你是怎么进来的？”

“我说来看一下，他们就让我进来了。”

海珍笑着向施兰走过去。施兰向海珍指指书桌前的椅子，海珍毫不犹豫地坐了下来。

“身体还好吧？”

“有什么好不好的啊？”

施兰微笑着对海珍说，但她的脸色却像纸一样苍白，而且整个人看起来已经瘦了一大圈。

自从被关到这个地方之后，她没有正常地吃过一顿饭，没有睡过一次安稳觉。

“已经这么晚了，吃饭了吗？”

“你呢？”

“最近不想吃饭。”

虽然施兰一直微笑着，但看着施兰的海珍眼神中流露出怜悯。

但她很快把这种视线收起来，然后直视着施兰。

“施兰啊！”

“嗯？”

“我……从菊黎那里过来。”

施兰的神色有些慌张。

（因为海珍过来了，所以今天没有来看我吗？）

虽然脸上掠过一丝苦笑，但施兰马上恢复平静，她不在乎似的对海珍说道：“模拟考试……怎么样了？考得好吗？”

“我……喜欢韩菊黎！”

海珍非常坦荡地说：“我今天向他表白了，从现在开始我不会再隐藏我的心意了，菊黎也对我……”

“祝贺你啊……”

施兰抢过海珍的话，微笑着对海珍说了祝贺的话。

海珍用惊讶的眼神看着施兰，但同时她的表情里充满着哀伤和抱歉。

“真的非常祝贺你！终于你也找到了真爱。真的，真的祝贺你！”

爽快地说出祝福的施兰，开朗地笑着，让人觉得是那么的凄凉。

海珍抬起双手抚摸着施兰的脸，为她擦拭着泪水。

“啊，抱歉，抱歉！我最近总是没完没了地流泪，真是抱歉！”

施兰勉强地笑着解释道，海珍听着是那么伤感……那么痛心……

“可不可以拜托他……把我放了啊？可不可以啊？”

施兰伤心地流着眼泪，抓住海珍的衣角请求着。

（现在……我不想……再去看不再爱我的韩菊黎。现在……我没有勇气……再去看成为海珍恋人的韩菊黎……）

海英女高——甄施兰所在的教室。

因为施兰所在的班级是出了名的学习好的班级，所以所有的老师都喜欢到这个班来上课。

但是今天却不同。

全校师生都知道菊黎和施兰有奴隶契约并同居着。班里的孩子们虽然没有大吵大闹，但是没有人再认真听讲，而是一心想着怎么戏弄施兰。

施兰渐渐变得憔悴。

啪啪！

打在她头上、脸上、肩膀上的饼干袋子和水果皮纷纷落在地上，胜焕看着她的周围已成了垃圾场，皱紧了眉头。

正在上课的胜焕转过头盯着大家看，但她们都装着在做别的事情，只要胜焕一转移视线，她们就继续向施兰进行攻击。

施兰想表现得无所谓，但是身体不受控制地颤抖着。

胜焕为了从这些孩子手中解救出施兰，在黑板上写了很多的难题。

孩子们曾经追随施兰的理由是：她们不懂的题，施兰能很轻松地解答出来。胜焕抓住了这一点。

“甄施兰，出来做一下这道题。”

这道题对于高中二年级的学生来说是有点难。

施兰慢慢地从座位上站起来，看着黑板上的题，走上前。

胜焕觉得施兰一定能够解出这道题。

手里拿着粉笔，施兰静静地望着黑板……

胜焕嘴角含着笑容，背对着施兰，看着孩子们。

“老师……”

听不到写字的声音，却传来施兰的叫喊声。

“怎么了？”

胜焕惊讶地看着施兰，施兰将手上的粉笔放下，低下头。

“这道题……我不会解。”

听到她的话，孩子们又开始喧哗起来。

以前比这更难的题都能够顺顺利利解出来，胜焕之前认为，施兰是一定能够解出这道题的……

“什么啊？到现在为止的成绩，是不是全靠她爸啊？”

“现在她家也破产了，这次考试成绩肯定会很差的。嘿嘿！”

“老师们知道了这个事情之后，是不是也故意出这种题啊？”

胜焕听了这些荒唐的话，又不能大声跟她们辩解说“不是”，也不能维护她。

“老师，我去一趟洗手间。”

施兰颔首敬礼之后，不等胜焕同意就离开了教室。

胜焕用怜悯的眼神看着施兰。

刷！

从水龙头里喷出凉水。

施兰毫不犹豫地用双手接起凉水，粗鲁地往脸上浇着。

重复了几次之后，她关上水龙头，抬起头，但是脑子一晕，浑身开始摇晃。

她双手扶住水泥墙壁，勉强站起身，皱着眉头，摇了摇头。

过了一段时间之后，朦胧的视线逐渐清晰过来，施兰抬起沉重的双脚走向教室。

中午。

女孩子们走出教室的时候故意拍打着施兰的肩膀。海珍看见之后马上走过来，用锐利的眼神盯住她们。女生们瞟了下海珍，嘻嘻地笑着走出了教室。

施兰抬起头，望着海珍微笑着。

“今天中午也不打算吃饭吗？”

海珍有些担心地问施兰，施兰点点头。

“我这两天不是正在减肥嘛！”

施兰很理直气壮地说道。

这时，从外面传来喧哗的声音。

今天也会是菊黎派过来的保镖给施兰送饭。

施兰低着头，轻轻地叹了气。

“喂，甄施兰。”

瞬间，耳边传来他的声音。

施兰慢慢地将头转向声音传来的地方。

“韩菊黎?”

海珍皱着眉头望着菊黎，但他却向海珍微笑着。

“哦，怪物!”

他那轻快的脚步声、叫喊声和表情。

施兰呆呆地看了一会儿菊黎，然后慢慢地将视线转向地面。

砰!

他将饭盒放在施兰的桌子上，以冷冷地口气说：“你想饿死吗?到底绝食几天了?”

他得不到她的回答。

菊黎凝视着施兰，等着她的答案。

只是昨天一天没看到，怎么便瘦成这副模样了。他皱起了眉头。

“不吃吗?”

他继续以冷酷的口气对她说道，但还是得不到任何回答。

菊黎粗鲁地将盒饭盖子打开，放到施兰面前。

“吃!” -0-

以命令的口吻发了话，但施兰还是无动于衷。

站在教室门口的女孩子们看着这一切叽叽咕咕。

菊黎皱起眉头，向这些女孩子们大声吼叫着：“看什么热闹呢?吵死了，赶紧都给我住嘴!”

孩子们听到这种吼叫声也不觉得害怕，反而更加兴奋地喧哗起来，菊黎无奈地将头低下。

“吃!”

“……”

“我叫你吃!”

“……”

施兰看都不看一眼菊黎，低着头，呆呆地盯着地面。

他的表情逐渐僵住了，他站起身，将筷子塞进施兰的手中。

“不吃吗?真的想饿死吗?”

“……”

施兰不为所动。

菊黎生气地在教室里来回走动，突然停下脚步指着盒饭说：“你今天不把这些都吃下去，你们班就别想上课。”

施兰露出惊讶的表情盯着菊黎。

“如果不想再看我胡乱地花钱，就给我吃；如果不想给别人添麻烦，就赶紧给我吃！”

被菊黎的吼叫声吓到，施兰受惊地颤抖起来，她慢慢地拿起筷子，将饭菜硬塞到嘴里咀嚼了两下之后，便咽了下去。

施兰的脸色逐渐变得惨白，她捂住嘴向洗手间跑去。

菊黎的视线紧随施兰，站在周围的女孩子们都说这是装出来的。

施兰不仅把刚刚吃的都吐了出来，而且把胃液都给吐了出来。

施兰无力地蹲坐在洗手间的便桶前吐着，在洗手间的女孩子们看着这些，皱起眉头大声议论着。

“真是够恶心的，怎么随便吐啊？”

“真是多事！”

两个女孩子不但不安慰她，反而皱着眉头，以埋怨的口吻责骂她。

走出洗手间的两个女孩子，看见在楼道里不知所措地来回走动的菊黎，装出很清纯的样子从菊黎身旁走过。

菊黎听着施兰的呕吐声，不安地出了一身冷汗。

菊黎看了几次女生洗手间的标示板，心一横，闭上眼睛跑进了洗手间。

“甄施兰！”

也许是好了一些，施兰无力地蹲坐在便桶旁。菊黎看着她这么憔悴可怜的样子，火气又上来了。

“去医院吧，我们去医院吧！”

菊黎焦急地吼叫着，但施兰只是摇着头，都不打算站起来。

菊黎抓住施兰的手，想扶她起来，但被施兰狠狠地甩开。

“放开！”

菊黎听了火冒三丈，但是在看到施兰眼中泪水的瞬间，就什么都原谅她了。

施兰扶着墙壁，慢慢站了起来，摇摇晃晃地往前走。

（前面……好模糊……）

摇了几次头，她觉得视线依然很模糊。

“甄施兰？”

耳边传来菊黎担心的叫喊声。

听到这个声音之后，施兰的视线完全黑掉了。

砰！

施兰的身体无力地往地面倒去，菊黎迅速地将她扶起来。

“甄施兰！甄施兰！”

菊黎焦急地喊着她的名字，但是她已失去意识，瘫在菊黎怀里。

他更加焦虑不安，心脏开始疯了似的跳动。

菊黎不安地凝视着躺在床上打吊瓶的施兰。

韩氏家族的主治医生脱下口罩，轻轻地叹了口气。

“营养失调，再加上睡眠不足，虽然不知道是什么原因，但是肯定经受了很大压力，厌食症，再加上有肺炎症状……”

菊黎听着医生的话，脸色刷白。

“菊黎君也应该知道吧？万病的起因是压力，虽然现在的病情不是很严重，但再继续睡不好觉就会非常危险，所以绝对不能让她再有任何压力了。”

医生轻拍着菊黎的肩膀说着。菊黎轻轻地点着头，视线一直未从施兰身上移开过。

医生轻轻地叹着气，走出了房间，伴随着一声关门声，房间又陷入沉寂当中。

在这样的沉寂中，菊黎将手伸向施兰的脸，轻轻地抚摸着。

“脸上……怎么一点肉也没有啊？”

他笑得特别凄凉。

看着她痛苦的样子，他心里更痛。

“真的想摆脱我吗？真的想回到他的身边吗？”

菊黎的声音有些颤抖。

他温柔地抓住她的手，并低下了头。

“无论使用什么样的手段，无论使用什么样的方法，都不可以吗？”

（数十次、数百次想把你忘掉，但我的心却忘不掉你；数十次、数百次都在祈祷让你爱我，你对那个家伙的心就真的无法改变吗？）

他将施兰的手轻轻地放在床边，挺起肩膀站起身，对着她微笑着。

“不要痛，也不要哭……”

他那黑玛瑙一般的眼珠被泪水浸湿了。

“我……会放你走的……”

他眼中掉下了泪水。

“虽然没有你，我无法呼吸；但有我，你却无法呼吸。”

他的眼睛里不断地流下泪水，他强忍住哭声。

“我不能让你因为我而死掉，如果你与我之间必须要有一个人死去……如果你与我之间必须有一个下地狱的话……那个人一定是我。”

伤心的泪水和即将爆发出来的哭声，撕裂着胸口……

他静静地低着头，紧紧地握起拳头。

施兰感觉头脑变得清晰，身体也变得轻松，随后慢慢地睁开了眼睛。

睁开眼睛之后，首先进入眼帘的是每天都可以看到的天花板，施兰慢慢将头转过去。

之后她看到的是菊黎。不知是什么原因，他的眼睛变得通红，他凝视着自己，眼神里流露出伤感。

“到底是……怎么回事?”

“睡得……真是够久的。”

(一直守在我的身边吗?)

施兰无法相信似的望着菊黎，但情绪马上低落下来。

沉默的两人相互对视着，这时菊黎避开施兰的眼神，微笑着站起身。

“作为醒来的纪念，满足你一个愿望啊!”

施兰听到菊黎温和的口气，心里突然变得暖和起来。

“走吧，带着你初恋……一起走吧。”

施兰皱起眉头，望着菊黎。菊黎俯视着施兰继续说：“去吧，去找你的初恋吧，我以后不会再抓你了，也不会为难你了，所以去吧。”

“你不是说，死也要让我死在你身边吗?”

施兰的声音颤抖着，而他却温柔地微笑着。

“你以为我真的希望看见你死的样子吗?”

施兰以不安的眼神望着菊黎，但菊黎却以冷漠的眼神望着施兰。

“我不想看到你死在我身边，走吧。”

他迅速转过身，向门口走过去，施兰看着他失了神。

在施兰醒来之前，他不知下了多少次的决心。

放她走吧，放她走之后，不要伤心，也不要后悔。

希望她不要再记得我，我不要再把伤心的回忆留给她……

“为什么什么事情都是你一个人做主?”

施兰尖锐的叫喊声回荡在房间里，他的步伐突然停住了。

心里数千次提醒过自己不要再回头、不要再动摇，但她的一句话就把他所有的决心都摧毁了。

“不是你先说爱我的吗? 你让我心动之后，又说不再爱我，又说要我死也要死在你身边，现在又让我离开你？为什么？为什么什么事情都是你一个人做主？为什么？”

尖锐的声音回荡在整个房间里，渐渐的，她的声音变得细微，她用沙哑的声音继续说着：“为什么，为什么要放我走？不是说不再爱我了吗？不是叫我死了都要守在你身边吗？为什么要放我走？为什么不想在我身边了？”

“就像马上就会死掉似的，动不动就晕倒，笑都不笑的人，我怎么能让她留在我身边呢？”

菊黎的神情变得更加伤感。

原本不想给她留下任何回忆，想就这样放她走的。

“我不会看到你死的样子，即使我死，也不会看到你死。”

“我……会好好吃饭……”

施兰的声音是那么的凄凉。

“我会好好吃饭……会经常笑……”

从她的眼睛里流下了晶莹的泪水，仿佛想将自己不想离去的心情传达过去似的。她希望留在他身边，不在乎打着吊瓶的手，用力握着拳头，使出浑身的力气说着。

“是不是……太晚了？真的……太晚了吗？我现在才知道……我的心，才知道……不能没有你，才知道……你不再爱我，我会死掉，真的太晚了吗？现在才说我爱你是不是太晚了？”

他背对着她站立着。

她努力控制着自己的情绪，继续说：“我……爱你，我爱你，我爱你……”

她使出浑身的力气，告诉他自己的感情。

慢慢转过身的菊黎有些不相信地笑着，但是眼里装满了幸福。

“是、是不是太晚了？”

他向她开心地笑着，她这才流下了幸福的泪水，也开心地笑起来。

他和她的视线在空气中交织，菊黎大步走向她，轻轻地将她拥入怀中。

“对不起，让你伤心了。”

“对不起，我也让你伤心了。”

菊黎和施兰相互对视着，向对方道歉。

他整理着施兰的长发，流下了一滴泪水。

“我现在才知道你是世上唯一一个，虽然想忘掉，但却无法忘记，虽然不想爱，但是不得不爱的人。真是对不起……”

她贴近他的怀抱，闻着他身上的香气，闭上眼睛，流着泪水。

“对不起，我像个傻子似的不懂自己的心，像个傻子似的听不到自己心灵的呼喊。还有谢谢你一直守着我，谢谢你把我装在你的心里，谢谢你，真的谢谢你……”

施兰和菊黎牵着手，目不转睛地对望着。

看多久都不觉得累，即使中间没有一句对话，也觉得这一瞬间是那么幸福。

“现在要不要吃点啊？”

菊黎小心地看着施兰的眼色，然后指着桌子上冒着热气的粥说。她开心地笑着，点着头。

菊黎开心地笑着把粥碗放在盘子上，端到床前坐下，然后把盘子放到腿上。

施兰看着菊黎的一举一动。菊黎小心地用勺子盛了粥，递向施兰。

“唔？”

施兰轻轻地摇着头，菊黎皱着眉头说：“啊！”

“啊？”

“嗯！啊！”

“我、我自己来。”

她害羞得满脸通红，想从他手中抢过勺子，但是他将手中的勺子移开，继续轻轻叫着："啊！"

"我拿勺子的力气还是有的。"

"我来喂你，啊！"

"还是我自己吃吧。"

施兰尴尬地望着他。他皱了一会儿眉头，马上换上耍赖的表情，摇晃着肩膀。

"老婆，啊！啊！我可爱的老婆，啊！"

"噗！"

虽然想憋住笑，但是施兰的脸色逐渐变得通红，终于忍不住抖动着肩膀。菊黎看着她的反应，害羞得红着脸说："想笑的话……就笑吧，切！"

"哈哈哈！噗哈哈哈哈！"

爆发出来的笑声像是无法停止似的，开心又幸福。

"谁让你一直不肯吃，能怪谁啊！"

菊黎向施兰大声吼叫着，但施兰笑得没有空回应他的话。

真是好久没有看到施兰这么笑了，菊黎也开心地笑了起来。

咚咚！

"进来！"

敲门声打搅了他们甜蜜的二人世界，菊黎用不耐烦的口吻吼着。

门被轻轻地推开。原本笑得开心的施兰的眼神逐渐黯淡下来，菊黎用有些不可思议的眼神望着进来的人。

"唔？怪物！"

开心地笑着的菊黎。

施兰以不安的神色望着菊黎。

施兰看着满不在乎的菊黎的样子感觉有些奇怪，但她很快又将目光转向门口。

"到底是……怎么回事啊？"

海珍紧绷着脸问菊黎和施兰。幼稚的菊黎一边开心地笑着，一边喊着：“这都不懂，当然是和好如初、幸福美满了，哈哈哈！”

海珍的脸上充满着伤感，施兰用歉意的眼神凝视着她。

菊黎以好奇的眼神望着施兰和海珍，当他看到施兰正要从床上起来时。

“喂，躺着，怎么了？”

菊黎抓住施兰的手，把她按在了床上，但她马上把菊黎的手甩开，静静地站到海珍面前。

施兰和海珍互相凝视了好久之后，施兰低下头对海珍说：“对不起，真的、真的很对不起！虽然说多少次对不起也不够，但是……但是我……”

菊黎莫名其妙地看着这两个人，之前流露出悲伤的海珍脸上露出了微笑，但施兰还没有发现。

“我，不能没有韩菊黎那个家伙！”

海珍听到施兰诚恳的话，拍打着施兰的肩膀微笑着。

“你，不是真的相信那天我说的话吧？”

施兰听到海珍开玩笑的口气，有些惊讶地抬起头。

海珍开心地笑着凝视施兰，菊黎笑着走向两个女生：“你们有什么事是我不知道的吗？”

两天前。

“从现在开始，我不会再隐瞒了。现在……我要说出来，我……对你……”

海珍吞吞吐吐的口气让菊黎变得浑身不自在。

他皱着眉头，咽了口口水，盯着海珍。

“我……真的……真的……非常……”

“什么啊？赶紧说。不要吞吞吐吐的，到底想干什么？”

菊黎咳嗽了两下，向海珍吼道。海珍望着这样的菊黎，之前那悲伤及可怜兮兮的表情消失得无影无踪，她开朗地笑着说：“你以为我是傻子吗？”

“唔？”

菊黎被海珍突如其来的话弄得皱起了眉头，海珍也跟着皱着眉头继续喊着：“你怎么这么差劲啊？连施兰的心都抓不住，男子汉一旦说爱一个女子，就应该坚持到底，不是吗？”

海珍打雷一般的训话声让菊黎傻乎乎地站在原地眨着眼睛。

“你用那么自私的爱不让施兰离开……是不是你的野心啊？”

菊黎听了她的话，紧紧地皱起眉头，低下了头。

她继续说：“我虽然不是很了解你，但是……这绝对不像韩菊黎，这不是韩菊黎的爱。”

海珍冷冷地转过身，没有回头，直接走出了接待室。菊黎深深地叹了口气，呆呆地盯着她离去的背影。

“哈……哈……噗哈哈哈！”

菊黎听了施兰和海珍的话，差点晕了过去。之后施兰也呆呆地盯着菊黎和海珍。

眼睛眨呀眨的，之前还呆呆地望着菊黎和海珍的施兰开朗地笑了起来。但是施兰的表情突然又严肃起来，盯着海珍。

“呀！那么，那么，你之前说的话都是谎话啊？”

“你是不是小看我的眼光了啊？”

海珍撅着嘴，以非常生气的口吻说道。施兰虽然有些紧张，但是马上恢复了正常的表情，笑着望着菊黎。

“怪物喜欢我？噗哈哈！不如说狗和猴子相互喜欢呢！”

不知道有什么好开心的，菊黎咯咯笑个不停，施兰看着这样的菊黎，有些难为情地涨红了脸，海珍也咯咯地笑着。

“什么啊？什么啊？这里的气氛怎么这么好啊？”

好久没有见过面的友林和萱镇也走进房间里，莫名其妙地看着他们，乐翻天的三个人也终于止住了笑。

“你们怎么来了？”

蹲坐在地上的菊黎直截了当地问。那两人摆出很无奈的表情。

“听说甄施兰病了。”

“所以探病来了。”

萱镇说着从身后抽出一束花，施兰看着萱镇笑了出来。

“什么啊？什么啊？你们和好了吗？怎么这么开心啊？”

萱镇焦虑不安地向菊黎叫喊着。菊黎笑着用傲慢的口吻回答：“是和好了，好开心。”

“啊，不可以！”

萱镇和友林同时叫喊着，站到施兰面前。施兰很惊讶地盯着这两个人。

“甄施兰，绝对不可以！你想被韩菊黎毁掉一生吗？”

“那个家伙很黏人的哦，以后甩都甩不掉！”

“王八蛋，找死啊？”

菊黎大声吼叫着，气冲冲地走到两人面前。

施兰皱着眉头盯着菊黎看，他用“为什么盯着我看”的眼神回敬施兰。

“你看，你看，这个孩子又开始说些肮脏的话了，不要跟这种人交往！”

萱镇撅着嘴指着菊黎不满地说着，施兰听了后咯咯地笑个不停。

虽然菊黎在旁边狠狠地盯着萱镇和友林，但还是无法接近在施兰面前拍马屁的两个人。

“施兰，施兰，这个花好看吧？给你！”

菊黎看着萱镇不仅拍马屁还送礼物，气得吼起来：“喂，尹萱镇！你刚才对我的施兰做什么了？”

萱镇被菊黎的冷冷的口吻吓得跑到施兰身后。

“唔？又动粗！施兰，教训他，呜呜！”

“真是不文明，傻子，韩菊黎。”

为了兄弟之情，帮萱镇说话的友林也被菊黎冷酷的眼神吓得躲到施兰身后。

“你们两个家伙，在我好说话的时候赶紧出来！”

菊黎笑着对两个人说，两个人脸色变得惨白，使劲地摇着头。

“出来！”

施兰被菊黎的吼声吓得向后退了两步，萱镇和友林看到这个情形，觉得是机会了，指着菊黎吼叫着。

“唔？菊黎，施兰被你吓着了！”

“对，对，菊黎不仅不文明而且是个大嗓门！把我们家的施兰都给吓着了，太过分了！”

菊黎被这两个人气得浑身发抖，他低下头，但是没过多久又马上抬起头，微笑着对海珍说：“怪物……”

“嗯？”

“在这个地方发生杀人事件……施兰应该会被吓着吧？嘿嘿！”

他笑得那么天真烂漫，但是却浑身散发着杀气。

不管菊黎怎么大吼大叫，施兰一点都不觉得害怕，只是眨着眼睛。其他三个人吓得咽着口水，静静地等待着。

“萱镇！友林！”

菊黎过于亲切地叫着这两个人的名字，两个人相互对望了一会儿，马上争着缩在施兰的身后。

“喂，郑友林你给我靠边站去！”

“不要，你给我靠边站去！”

“是我先过来的！”

菊黎面无表情地盯着为了位置吵闹的两个人，紧绷着脸说：“那我去你们那边啊？”

“不用！”

友林和萱镇同时将头转过来，向菊黎大声吼着。施兰和海珍看着这一切，觉得既荒唐又好笑。

“我、我们没做错什么事情，是吧？”

“是啊，是啊！”

现在才表现得天真无邪是没有用的。

因为友林和萱镇做了很多不应该做的事情。

“你们装什么？真的不知道犯了什么错吗？”

两个人看着拼命压抑着怒火的菊黎的样子，相互对望了一眼，慢慢地说。

“叫甄施兰的名字的时候……没有加姓……这不是错！”

“叫施兰是我、我们的施兰……这不是我们的错！”

他们吓得脸色苍白，四只不安的眼睛盯着菊黎看。

施兰尴尬地笑着，低下了头。

“这种事情偶尔也会发生的，表示亲切，不是挺好……”

“不可以！”

菊黎发出震天动地的喊声，施兰瞪着圆圆的眼睛盯着菊黎。

“连我都没那么叫过，还、还有，只有我才能够那么叫！别的家伙，不、不是，别的人那么叫的话我会打死……不、不是，我会对他不客气的！”

菊黎最大限度地说了温和的话，施兰看着这样的菊黎“扑哧”一声笑了出来，菊黎将头转过去又开始吼叫着：“不管是什么理由都不可以！在我好说话之前赶紧给我出来！”

菊黎双眼放射出想要杀人的目光，叫施兰身后的两个人出来，这两个人用求救的眼神望着施兰。

“你们想成为王的男人吗？”

听了菊黎莫名其妙的话，萱镇和友林相互对望了一下，耳边紧接着传来菊黎的逼迫声。

“阎罗大王的男人？”

萱镇和友林使劲地摇着头，跑到菊黎面前。

菊黎将这两个人带出了房间，门“哐！”地被关上，随后传来惨叫声。

“啊！菊黎我错了！”

“从今以后再也不叫施兰……不、不是，再也不在叫甄施兰的时候不加姓了！”

“已经晚了，嘿嘿嘿嘿！”

从外面传来惨叫声，施兰和海珍呆呆地望了一会儿门之后，对视着咯咯地笑了出来。

海珍和萱镇、友林出了韩家的大门。

刚走出门，门就“哐！”地关上了。三个人各自笑了出来，接着又叹了口气。

“幸亏啊！”

萱镇听了友林放心的口吻，点头表示同意，像是自己的事情一样开心。

“本来就是像麻绳一样，纠缠得越紧，感情也会变得越坚固！现在只剩下幸福的事情了。”

虽然在菊黎和施兰面前没有说任何祝福的话，但刚才的玩笑也是表达祝福的另一种方式，即使没有跟菊黎说，他也会知道的。

开朗地笑着的萱镇开口了：“你没事吧？”

海珍听了，笑着歪着头问：“什么？”

“你的心没事吧？”

紧跟着的友林的话让海珍的脸色逐渐黯淡下来。

“我们可不像韩菊黎那么没有眼力。”

友林耸耸肩膀说道。

“不能为了满足我自己的欲望，而把相爱的两个人分开。”

友林和萱镇盯着她，温和地笑了出来。

“我怎么样啊？比韩菊黎好多了！”

萱镇爽朗地笑着在海珍面前奉承着，但海珍不理会，转过身径自走了。

“你们走好。”

完全被无视的萱镇尴尬得不知所措。

友林这才发现“厚脸皮王”萱镇也会尴尬。

两个人盯着海珍悲伤的背影，渐渐觉得伤感起来。

和两个开朗的人分开之后，一步一步走在回家的路上，海珍的眼里落下了滴滴泪水。

（再见了，我曾经爱过的韩菊黎……再见了，我人生的初恋，我一生难忘的回忆……）

第二天早晨。

果然是人的心情好了，身体也会变好的。

甄施兰今天睡得真香。

因为有肺炎倾向，所以昨晚菊黎在睡觉之前，严严实实地给施兰盖好了被子。但是你看现在，被子已经滚到地上，人趴在床上睡得正香呢。

睡衣是短裙样式的，看到她的大腿的人会觉得非常不好意思，可她睡得不知有多香，嘴角还流出亮晶晶的液体。那是什么东西呢？不是别的，正是口水。施兰的大头顶着乱七八糟的头发，要是有人晚上看见了这散乱的头发肯定会以为是见鬼了呢。

原本疼痛的心也好了，医生的处方和菊黎的照料使得施兰的身子逐渐恢复了正常。

“呵呵！肉肠……肉肠……”

一边磨着牙，一边抿着嘴的施兰开始说起了梦话。

脸上逐渐有了血色的施兰幸福地笑着。

“肉肠……真好吃，嘿嘿！好吃！”

世上有比这个更幸福的表情吗?!

抿了一阵子嘴的施兰，慢慢地睁开了眼睛。

眨了两下眼睛之后，再次闭上了眼睛。

但是没过两秒钟，施兰瞪大了眼睛，突然从床上跳起来。

“你、你怎么会在这个地方？”

从一大早开始，整座房屋都回响着她的质问声！

她的面前坐着笑得像花一样的男子，不是别人，正是韩菊黎。

“想你了，不可以吗？”

施兰被他反问得无话可说。

她总觉得脸上湿湿的，双手摸过去，神经马上变得紧张起来。

“到那边去！”

砰！

病人不知从什么地方冒出怪力，用双手使劲将菊黎推开。菊黎从床上掉下去，以惊讶的表情盯着施兰。

在这么短的时间内，不知施兰是怎么做到的，只见她从地上捡起被子，严严实实地将身子盖上，只露出两只眼睛盯着菊黎看。只盖住脸蛋和身子有什么用，头发已经变成了一蓬乱草似的。

“干什么推我？”

“谁叫你进这个房间！”

“每天都进出的地方，不可以吗？”

“不可以！”

“为什么？”

开始神经战的两个人。

被菊黎问倒了，施兰开始动脑筋。也许是那个聪明的脑子只适合用在学习上，不适合用在动歪脑子上的原因，她怎么想都想不出应对的话。

“以后不要从那个门进出了！”

“不要！”

“韩菊黎！”

“什么？”

施兰看着天真烂漫地笑着的菊黎，无话可说，将头转过去叹着气。

菊黎觉得正是时候，跑到床边，将被子使劲掀开。

“啊！”

伴随着尖叫声，施兰有些惊慌地盯着菊黎看，想从菊黎手中抢回被子，但一切都无济于事。

施兰皱紧眉头，用手蒙着脸蛋，吼叫着：“出去！“

“不要！”

施兰带着难堪的表情向菊黎叫喊着：“干吗在我睡觉的时候跑进来，不让人安心地睡觉！”

“你流了好多的口水，一直在抿嘴，呼噜声也不小，还有你那个头发……”

听了菊黎打击性的发言，施兰的脸色逐渐变得通红，她跳到床后吼叫着。

“出去！”

“不要！”

“出去！真是的，出去！”

“不要，哇！甄施兰好狼狈啊！”

菊黎满脸好像写着“戏弄，戏弄，我特别喜欢戏弄人”的标语似的，认真地逗着施兰。

施兰气得无话可说，只是将头伸出来，盯着菊黎。菊黎看着这样的施兰，得意得不得了。

“我、我狼狈跟你有什么关系？你这个该死的家伙！”

“唔？该死的家伙？哇！你对我说脏话了！”

“大……少……爷！”

从身后传来叫喊声。

菊黎被主治医生和嬷嬷锐利的眼神瞪得尴尬地笑着，向后退去。主治医生向菊黎抛下一句话：“不是说绝对安静的吗？菊黎君，这是怎么回事？”

"啊……啊……"

一步一步向后退的菊黎看着主治医生和嬷嬷的眼色，突然飞快地拿起自己的包咚咚地跑出房间。

"哈哈哈哈，绝对要安静，是吧？是吧？"

又尴尬，又不好意思的韩菊黎，说了些奇奇怪怪的话，想当做什么事情也没有发生，但是主治医生和嬷嬷仍以锐利的眼神盯着菊黎。

菊黎在门口看着把头伸出来看着自己的施兰，挥动着手，但是施兰把头转过去，不理会他。

"即使流了很多口水，即使像条眼镜蛇一样可怕，但你还是最漂亮的，呵呵！"

菊黎说了之后，可能自己也觉得很肉麻，菊黎双手搓着胳膊，然后嗖地跑了出去，消失了。

施兰看着这样的菊黎，幸福地笑了出来。

"啊！"

突然传来嬷嬷的尖叫声。

施兰吓得望着嬷嬷，嬷嬷既有些尴尬，又有些惊讶地盯着施兰说："啊、啊，对不起，我以为见、见鬼了呢！"

菊黎的数百次打击人的话，施兰都不觉得有什么，只觉得是开玩笑，但是不懂玩笑的嬷嬷的话，实在是太伤人了。

（以后睡觉的时候也要多加小心，呜呜……）

第二章 为自己而战！施兰

“你们骂我，向我泼污水，我都不介意，甄施兰不会为了这点事情而丧失自信，并且向你们求饶的！”施兰用手心擦掉眼中含着的泪水，用黑黑的眼珠凝视着孩子们。

“真孤独！”

“腰好酸啊！”

两个男子的声音传遍整个教室。

只有男生的海英男子高中。

与海英女子高中不同，海英男子高中的教室一到休息时间景象可壮观多了。

一边是在打拳击，一边是在踢足球，一边是在跳性感的现代舞。

在这样的地方都会觉得孤独的人，不是别人正是友林和萱镇。他们前面坐着幸运儿韩菊黎。

“我们去泡女生啊？”

萱镇握起拳头向友林吼叫着，但友林摇着头说：“我想要一个偶然的相遇。”

“那不就是泡女生嘛！”

“我们去泡女生，那些女生很轻松地就被搞定，没意思，呜呜！”

大家看一下这两个自大的家伙。

世界上的女孩子们，选择男人不要光看他们的外表，要看他们的内涵，这里就有无知的两个人。

“那我们去搞联谊啊？联谊！”

“和哪个学校？”

友林感兴趣地问萱镇。

两个人相互对视了一会儿，马上将视线定在某个地方。

“什么啊？”

菊黎皱着眉头，盯着眼前的这两个人。但是这两个厚脸皮不介意似的，嘻嘻地笑着站在菊黎两边。

“你们疯了？”

“唔？你又说脏话了！”

“我要向甄施兰告状！”

自从昨天开始，友林和萱镇就不断地挑战菊黎的耐性。虽然菊黎心里很不爽，但还是忍住了，把头转过去不理会他们。但是友林却用可耻的方法威胁菊黎。

“以后你在学校说脏话的事情，我不会再向甄施兰告状了，好不好啊？”

“不告状了？”

菊黎皱紧眉头，反问友林。

看着这一切的萱镇开朗地笑着，撒娇地向菊黎说：“我们和海英女子高中联谊吧！”

正在后面玩足球、练拳击、跳舞的孩子们一听到和海英女子高中联谊，立即停止手中的事情，竖着耳朵听着。

菊黎的左嘴角轻轻地向上扬起。

友林和萱镇看着折磨人之前一定会先做出这个习惯动作的菊黎，吓得急忙向后退，但是为了能和海英女子高中联谊，他们什么事情都做得出来。

心脏虽然怦怦地跳动着，但是为了找到自己的另一半，他们变得勇敢起来。

“搞吧，搞吧，搞联谊吧！”

“对，搞吧，搞吧！”

“你们也想要甄施兰这样的美女吗？”

菊黎傲慢地问眼前的两个人，但这两个人不知形势的变化，眨着眼睛，认真地点头答应。

“真的想要甄施兰这样的美女吗？”

“如果是甄施兰的话就更好了！”

兴奋过度的萱镇开始说起大话来。菊黎听了绷着脸，从座位上站起来。

“菊黎！”

郑友林马上开始收拾残局。

友林是收拾残局的次数比惹火菊黎的次数要多得多的人，今天也是他想尽办法收拾这个局面。

萱镇全然不知自己到底惹了什么祸，还傻傻地笑着，菊黎在旁边气得冒烟。

友林感觉到联谊逐渐没有了希望，为了阻止萱镇继续说下去，从后面勒住萱镇的脖子，使劲摇晃着。

“萱镇啊，喂，萱镇，打起精神！”

“啊，我、我现在很……精神……”

“萱镇啊，萱镇！”

“啊！”

菊黎看着两个人演戏的样子，皱着眉头，狠狠地盯着他们。友林觉得背上冒着冷汗，他偷偷瞟着菊黎的眼神喊着：“萱镇啊，尹萱镇！你……你终于疯了！对不起，菊黎，萱镇疯了，所以，把这个家伙说的话给忘了吧，就给我联谊……”

把朋友卖了，想自己得到幸福的坏心眼，想女人想疯了的这个人，他的名字就是——郑！友！林！

“我没有疯，啊！我也要女人！”

脖子被勒住的那一瞬间也不忘女人的萱镇。

“啊！”

友林被萱镇的尖叫声吓得放开了手。

“喂，怎么了？”

明明是自己弄的，还怕萱镇发生什么意外，无法镇定心情似的凝视着萱镇。但是萱镇正好想到了什么好事情似的，马上又嘿嘿地笑起来。

“韩菊黎！”

“怎么了？”

“我不和你玩了，友林啊，不要和他玩，扔了，扔了！”

听了萱镇的话，菊黎紧绷着脸，友林以无可奈何的眼神盯着他。

“我真是傻子！”

萱镇突然说自己是傻子，然后以真挚的表情看着菊黎。

“唉，我怎么给忘记了，施兰不是被海英女子高中的女生孤立了吗？！我怎么把这个事情给忘记了！”

友林听到这话，好像悟到了什么东西似的，点着头，然后马上把头转向菊黎。菊黎皱紧眉头，狠狠地盯着萱镇。

“你在说什么瞎话？”

“唔？你没有资格做甄施兰的男朋友！把甄施兰让给我们吧，哈哈哈！”

“把嘴给我闭上！”

“他叫我闭嘴，呜呜！”

“说什么瞎话！”

在菊黎连连的逼问下，萱镇很不情愿地开始讲起事情的来龙去脉。

因为身体还没有痊愈，所以只能在家里躺着的施兰，能做的事情只有眨着眼睛，看着天花板。

一直看着天花板的视线，突然转向壁钟。

才两点半，菊黎要从学校回来还需要好长一段时间，施兰自己嘟囔着。

“韩菊黎，好想你啊，怎么还不回来啊？”

“甄施兰！”

稍稍瞪了一会儿眼睛的施兰，使劲地摇着头，叹着气。

“不可以，甄施兰，这个是幻觉，不可以，不可以，甄施兰！”

“甄施兰！”

又一次听见他的叫喊声，施兰噌地从座位上站起来，往门口跑过去，门突然被打开，站在门口的人不是别人，正是浑身都是汗水、喘着粗气的菊黎。施兰一点都没有犹豫，猛地投进菊黎的怀抱。

菊黎既有些惊讶，又有些开心地将她抱进怀里。

施兰这才意识到自己做了什么事情，马上向后退，通红着脸，很生气似的吼叫着：“你、你，怎么这么早就回来了，不是还没有下课吗？”

菊黎看着心口不一的施兰，没办法理解似的愣了一会儿，这才想起自己为什么会在这个地方，对施兰吼叫着。

“你是什么啊？”

“那你是什么啊？”

“我是韩菊黎！”

“我是甄施兰！”

两个人都感觉到跑题了，有些尴尬地将头转过去，但没过几秒钟菊黎又将头转过来吼道：

“哪个家伙？到底是哪个该死的家伙？”

“唔？我又开始说脏话了！”

“对那种该死的家伙，就应该说脏话！”

“你在说什么呢？”

“在你们学校公告栏上贴契约书的，还有把你和我的事情都写出来的，不得好死，那王八狗崽子是哪个家伙？”

菊黎的嘴里不断地吐出脏话，使施兰不得不佩服。

（以学骂人的能力来背诵英语单词的话，一定能在托福考试上得满分。）

在施兰为菊黎的骂人实力感叹的同时，无法压抑自己脾气的菊黎在屋里来回走动，并不断地叫喊着。

“甄施兰，你要镇定，镇定之后跟我说，那个家伙到底是谁？”

“嗯……”

“甄施兰，镇定之后跟我说！”

（该镇定的应该是你本人吧，哈哈！）

菊黎气得脸色通红，使出浑身的力气追问着施兰。

看着他的样子，施兰觉得有些荒谬又有些可笑。

“像狗的狗崽子，一口一口把他咬碎都不觉得爽的该死的家伙，那个家伙到底是谁？”

“你！”

“……我不是说镇定之后说出来的嘛，好的，再来一次，那个该死的家伙到底是谁，把名字说出来！”

“韩菊黎！”

施兰用手指正正地指着他的脸。

菊黎瞬间呆在原地，施兰眼睛眨也不眨地盯着眼前这个人。

“我？”

这真是世上最荒唐的事情，菊黎以慌张的眼神盯着施兰。

“不是你吗？难道不是吗？”

施兰看着菊黎的反应，惊讶地反问着。菊黎使劲地摇头，摆着手。

“唔？不是我啊！”

“我以为是你呢！”

“不是我啊？”

“那么是谁啊？”

“我也不知道啊！”

“那会是谁呢？”

“晕，不知道。”

相互望着的两个人，表情一点一点地僵住了。

“到底是哪个狗崽子？”

施兰也从韩菊黎口中学到了这句骂人的话，两个人异口同声地叫喊着。

“是我！”

从后面传来像幻觉一样的声音，使得菊黎和施兰眨着眼睛，然后马上摇着头，又一次大吼起来。

“到底是哪个狗崽子？”

“是我……”

不是幻觉。

施兰和菊黎又一次对视着。

“听得见吗？”

“你也听得见？”

这一对情侣傻乎乎地相互问着。

“门是开着的，无意间听见你们的对话，真是失礼！”

稍微带有鼻音的高傲女子的声音。

菊黎和施兰飞快转过身，呆呆地盯着站在门口的性感的甄侑兰和脸上依然有淤青的成贺。

“你怎么会在这个地方？”

像在独木桥上见到仇家似的，成为第二代韩菊黎的甄施兰吼叫起来。

真希望不要再像菊黎了，但是不知不觉中养成的习惯，让很多人越来越担心施兰的前途。

“绿眼睛，从现在开始甄施兰是我的了。”

菊黎用“你再靠近我会把你撕成碎片”的气势对成贺暗示着，就像一只小狮子。

侑兰露出很开心的笑容，成贺有些难堪地笑着耸耸肩膀。

侑兰和成贺不顾这两只“小狮子”正要咬人的气势，自顾自地走进房间，坐到椅子上，笑着对菊黎说：“来了客人，难道不给杯茶吗?”

侑兰尤为厚脸皮，不介意其他人的眼光，温柔地笑着问菊黎。

看了这个微笑，菊黎连施兰都丢在脑后，脸色通红，呆呆地盯着眼前这个妖艳的女子。在旁边看着这一切的施兰，站到菊黎和侑兰中间大吼着。

“你现在在谁面前抛媚眼呢？赶紧回美国好好照顾你男人吧！”

“天啊，把姐夫说成你男人，天啊，天啊！”

“韩菊黎，你呆呆地看什么？给我靠边站着去！”

甄施兰不知什么时候开始变得野蛮起来，菊黎被她的气势吓得连想都不想就一下靠到一边去了，站在一边流着冷汗。

“天啊，天啊，你看这个孩子！怎么对你的男朋友这么粗鲁？对男朋友要温柔！”

“你对你老公温柔好了！”

“什么？你老公？应该叫他姐夫！施兰啊，现在还需要我教你敬语吗?”

“跟你比起来，我的脑子好得多！”

施兰得意的笑容让侑兰皱起眉头，她哼了一声转过头去。

对于一见面就会逗施兰玩的侑兰，施兰最有力的武器只有学习。

侑兰一听到有关“学习”的话，马上就会把得意的表情收起来。

“你怎么来这个地方了?”

“想看一下事态的发展！”

侑兰温柔地笑着回应施兰尖锐的问话，菊黎和施兰听了后皱紧了眉头。

“啊！施兰啊，看见学校里头贴的东西了吗？”

施兰和菊黎的脸色变得惨白。

“贴在学校公告栏上的东西，是不是写得很好啊？那是我写的哦！还有你和菊黎君的照片也拍得很好吧！”

两个人的脸色变得通红。

“为了贴那个，我受了不少苦哦！”

两个人的脸色马上变得铁青。

“把事情弄到这个地步，让我受伤的人是……”

“让甄施兰遭粉笔攻击的人是……”

静静地传来两个人的声音里有无法掩饰的愤怒。

“原来是你们！”

菊黎和施兰气得爆发出来了，但是侑兰和成贺很得意地点着头。

“嗯！”

把妹妹害成这样，没有罪恶感，还跑到韩国，天真烂漫地在他们面前吃着饼干喝着茶的侑兰和成贺。

施兰对眼前两个人的所作所为气愤到了极点，两眼眨都不眨地狠狠地盯着他们。

简单地说明一下来龙去脉。

之前在某个网站上看过全世界能排进前五强的财阀集团。

当看到大韩民国韩氏家族的少爷的时候，侑兰的眼睛亮了起来。

帅气的外表、高高的个子……网站里头是这么描述的，当侑兰亲眼看到菊黎的时候，知道网站里写的不是真实的。但是总而言之，可以看出是混血男孩儿，而且家庭背景这么好。

而且韩氏家族的堂主和父亲是世交，总而言之，是有可能成为一家人的关系，但是侑兰已经是有家室的人了。

家里破产了之后，爸爸经常打电话过来，侑兰在这一瞬间，嘴角露出了诡异的笑容。

侑兰抱着“既然我要不了，就给妹妹吧！”这样的想法，计划了这么多的事情。

“我当时真的以为会被你打死呢，咕噜噜！”

一边喝着茶，一边开心地笑着的成贺。

这个是侑兰计划当中的一部分。

侑兰回到韩国之后，以不是胁迫（成贺也觉得很开心）的胁迫，使施兰的心动摇，然后刺激被嫉妒冲昏头的菊黎，想让他以这种方式得到施兰的欢心，但是万万没有想到，其中冒出了一个叫海珍的人物。

当海珍的名字被提到的时候，菊黎纳闷地问：“怪物怎么了？”但是没有人回答他，只是摇着头。

“对不起，误会你了。”

施兰很不好意思，不敢与菊黎对上视线，低着头嘟囔着。菊黎不顾已经很明显的事实，依然怀着警戒心，狠狠地盯着成贺。刚刚一直以吃人的气势瞪着眼的菊黎，突然很惊讶地转过头问施兰：“虽然你都那么认为了，但没有跟我说是吧？”

施兰点头。

“虽然是误会，但是我做了那种该死的事情，你竟然还回到我的身边？”

侑兰和成贺听到菊黎口中的“该死的事情”，浑身颤抖了一下，但是马上清了清嗓子，装做没听见似的喝着茶水。

施兰又点头回应菊黎的问话。

菊黎刚得到这个答案的时候，虽然有些惊讶，但是马上露出帅气的笑容，温和地说道：“你真乖！”

不是为了搞气氛，何况现在也不是搞气氛的时候，但是菊黎随口说出来的话使得侑兰和成贺，还有施兰都傻傻地盯着他。

在大家的注视之下，菊黎以很好奇的眼神看着大家。施兰的脸色变得通红，不好意思地低下了头。

“怎么了？不喜欢吗？说你乖，难道不喜欢吗？哇，真让我失望！”

“失……望！”

菊黎从座位上跳起来，开始埋怨施兰对自己的表扬漠不关心，还一直低着头呆着。施兰瞟了一眼成贺和侑兰，害羞得不知道该怎么办是好。

“完全失望，以后再不说你乖了！”

“哪有这种事情！”

“以后不再说了，你还不喜欢？逗你玩呢！”

“逗、逗你玩！”

遭到菊黎幼稚至极的“逗你玩”的洗礼。

本来就幼稚的话更让人生气。忍无可忍的施兰从座位上跳起来，不甘示弱地叫喊起来。

“在这么多人面前，说那种肉麻的话是什么意思啊？”

“肉麻？肉麻？以后再不说了！*丑八怪*！比怪物还要*丑*的*丑八怪*！还有幼儿般的裤衩！”

“喂！在这里怎么可以说起裤衩啊？”

“是不是我一直不说，你就忘掉了？要什么时候才能把幼儿般的裤衩脱掉啊，甄施兰？”

“喂！你说完了没有？”

“还没有呢！哈哈哈哈！”

想吃掉对方似的吼叫着的两个人，不是，正确地说，施兰被菊黎气得追着他跑，但菊黎却乐在其中，翘着嘴角笑着。

在旁边听着你来我往的吼叫声的成贺尴尬地笑着，悄悄地对侑兰说：“要不要再下一次雨啊？哈哈！”

“你上瘾了，是不是？”

一听侑兰这么说，成贺连连摆着手，使劲儿地摇着头，大声吼着：“不要！这次我可能会死掉哦！”

“ho ho ho！现在就没有必要再让天下雨了吧？”

“为什么事情会发展成这样？两个人现在好像比以前还要好？”

侑兰听了成贺的问话，性感地甩了甩头发，然后露出奇怪的笑容。

“当然了，也许会心碎，但是也许会更加要好，像现在这样！”

成贺不理解侑兰话中的意思，摇着头，侑兰用手整理着发丝，优雅地笑了出来。

“我可是恋爱博士哦！ho ho ho ho！”

“吵死了！”

菊黎和施兰同时吼叫着，侑兰吓得呆呆地望着两个人，两个人将视线收回，又开始争吵着，成贺看着他们“扑哧”一声笑了出来。

那天晚上。

侑兰无视不喜欢自己的施兰，硬要跟她一起躺在同一张床上。

施兰气呼呼地转过身，背对着她躺着。侑兰看着这样的施兰开心地笑了。

“还在生气呢？”

“什么？还？”

施兰从床上跳起来，以仇恨的口气叫喊着。

侑兰嘴角露出微笑，气定神闲地说：“听说你还在疗养当中，这样动气也可以吗？”

“你也知道？那就别再让我兴奋了，好不好？”

“不要这样。如果没有我，你们的感情不会……”

“会更好的！”

侑兰盯着理直气壮的施兰，施兰被她的视线刺激了，又一次气呼呼地握起拳头吼着：“因为我们是命中注定的！”

“扑哧！”

不管怎么说，施兰也交过几个男朋友，但说是命中注定这样的话还是第一次。

“我的话好笑吗？”

“不是，因为我也曾说过你姐夫和我是命中注定的！”

“那么，为什么笑？”

“你现在的样子，以后能够继续保持下去就好了！”

侑兰突然以慈祥的、姐姐的口吻说道。

“突、突然怎么了？”

施兰以惊讶的眼神盯着眼前的姐姐。

侑兰躲开施兰的视线，转向窗帘，接着说道：“保持你们现在的赤子之心，才能够真正战胜以后将会出现在两个人之间的‘雨’。”

施兰静静地盯着眼前的姐姐。

“我希望你能够更清楚地认识自己，不要隐藏，不要怕受到伤害，成为能够保护你自己的爱和你的男人的那种坚强的女人。”

施兰被侑兰真挚的话感动，欣慰地笑看着她。

“所以、所以往你们学校的公告栏上贴了那个，我坚信你会很好地战胜这些的！“

“姐姐！”

施兰以颇为感动的表情看着侑兰。

侑兰看着这样的妹妹，从床上坐起来，向施兰张开了双臂。

“过来吧！”

正要扑进那温暖的怀抱的瞬间！

砰！

“啊！干什么呢？”

握紧拳头向侑兰的肚子打过去的施兰开心地笑了出来。侑兰用生气的眼神狠狠地盯着眼前的妹妹。

“你以为说了那种话，我就会说‘天啊，姐姐！姐姐原来都是为了我，施兰好感动！’吗？你别小看我了！我现在不再是当年一直被你要的孩子了！”

侑兰听了施兰的刻薄的话，尴尬地摸着肚子，但是马上抱紧施兰，使用撒娇战术进攻她。

“哎哟！好久没见面了，原谅我吧！”

“因为不想你，所以没办法原谅你！”

施兰甩开侑兰的手臂，躺下去。侑兰在旁边一直耍着性子，但是施兰绝对无法原谅把自己卖到这个地方，还嫌这不够，搞出一连串“雨”的人，即使是亲姐姐也不可以原谅。

（成为……能够保护你自己的爱和你的男人的坚强的女人。）

几天后。

早早地起床，用凉水冲完澡之后，比任何时候都认真地梳头，比任何时候都更认真地打扮的施兰。

比任何时候都穿得更漂亮的她站在镜子前面，开心地笑了出来。

“好啊！”

“甄施兰！”

哐当！

今天，菊黎没有预兆地从墙上的小门钻出来。

以前，每当发生这种情况，施兰都会火冒三丈地叫喊，可是今天，望着这样的菊黎，她开心地笑着。

“要去学校吗？”

“嗯！一会儿中午再见吧！”

活力四射地打声招呼，菊黎转身准备离开。

“等一下！”

施兰匆忙叫住菊黎，菊黎把眼睛瞪得圆圆的，盯着她。

“一起……去学校吧！”

去学校的路口上。

菊黎和施兰一走过，海英女子高中和海英男子高中的孩子们像是看到了名人似的叫喊着，拍着照片。

可是表示欢迎的人仅仅是一部分，海英女子高中的女孩子们个个都瞪着施兰。

因为施兰是比自己优秀的女孩子，而且惹了祸后还能够堂堂正正地占有那么帅的男人，她们当然会很嫉妒。

“贱人，这世上有比甄施兰更贱的女人吗?”

现在的菊黎濒临爆发。

耳朵里不断地传来对施兰的谩骂声，真想马上把这些骂施兰的女生和男生全部打死，但是要忍着，即使怒火飚到了宇宙的另一端。

即使菊黎再没有眼力，也懂得这个问题需要施兰自己去解决。

而且事情才发生不久，在这种情况下自己再插一脚的话，会引起大家更大的反感。

但是！

“妓女般的女人！一定做了垃圾般的事情！”

“对，对！肯定把身子都卖了！”

听了她们的话，菊黎忍无可忍，脸上升起愤怒的热气，就在他转过头正要吼叫的瞬间，突然感觉到自己的手掌被一只温暖的手抓住了。

那只手的主人正是脸上没有任何表情的施兰，菊黎皱起了眉头。

“听了那种话还要忍着吗？王八蛋！打死他们。”菊黎吼道。

“喂！”菊黎的话一结束，施兰就向看着自己的孩子们吼叫起来。菊黎瞪着圆圆的眼睛盯着施兰。

“我有那么恐怖吗?”在施兰的吼叫声中，孩子们相互使着眼色，开始唧唧喳喳。施兰看着她们，用讽刺、嘲弄的语气继续说：“不要背后说别人的坏话，有本事到我面前来说！”

施兰又一次向大家吼叫着，狠狠地盯着孩子们。孩子们马上止住喧哗，装做事不关己似的，快速地从他们身边走过。

施兰看着这些孩子们，无奈地苦笑起来。

“如果没有勇气正面打一仗，就不要在后面说人家的坏话！你们以为甄施兰是那么好惹的吗？”

菊黎看着一点儿也气馁的，理直气壮地向孩子们吼叫的施兰愣住了。但他马上又笑了出来，深情地看着自己的女人。

施兰也以温和的微笑回应着菊黎。

（如果我的爱不能达到能保护我的男人的程度的话，我就实在对不起甄施兰这个名字了。）

在唧唧喳喳的谩骂声中，施兰堂堂正正地向教室走去。

她将孩子们的谩骂全部无视掉。在后面一直指指点点的几个孩子，看见她没有反应，皱着眉头，把头转开了。

堂堂正正抬起头，走到自己所在的班级门口。

她静静地盯了一会儿教室的门，然后突然使劲推开门，走了进去。

砰！砰！砰！

“还要使用几次同样的手法？真傻！”

施兰用书包把飞来的粉笔和黑板擦挡开，拍拍书包，然后就像什么事都没有发生过似的进了教室。

孩子们看到这样的施兰，觉得不可思议似的呆在一旁。

一点也没有犹豫，施兰径直走到座位上，走到椅子面前时，她把它扣到一旁。

椅子被放倒后，发出声音的瞬间，孩子们傻傻地盯着施兰，这才反应过来。

从倒下的椅子上面“哗啦啦”地掉下图钉。

如果不知道的人坐下去，屁股上一定会被钉上数十个图钉的。

“不要再玩些幼稚的游戏了！”施兰微笑着向瞪着自己的孩子们说道，孩子们的脸色变得通红。

“嚼过口香糖的人都给我出来！”

施兰微笑着，理直气壮地对孩子们说道。孩子们的脸僵住了。

“因为我的桌子上和抽屉里贴满了口香糖，所以嚼过口香糖的人全部给我出来，把自己贴上去的都拿回去！”

虽然施兰的脸上依然充满笑容，但是她那坚定的口吻让孩子们马上泄了气，相互使着眼色。

“不打算拿回去是不是？要不要我亲自把这些取下来贴到你们的抽屉里啊？”

“你看到我们把口香糖贴到你桌子上了吗？”

吼叫着走向施兰的短发女生，正是吕银珍。

施兰静静地看了一会儿银珍，笑得格外好看，她把桌子推到银珍面前。

“原来是你？”

“不、不是我！”

“看你心里不舒服走出来的样子，就是你，你的桌子是那个吧？因为这张桌子上的东西都是你贴上去的，所以你用它。”

说完之后，施兰走到银珍的座位，把银珍的书桌抬到自己座位上。

银珍和班里的孩子们之前还是小心翼翼的，但马上意识到自己是占上风的一派，开始叫嚷起来。

“银珍说了不是她干的，你在做什么？”

“甄施兰，你真搞笑！”

“你怎么那么没脸没皮啊！”

一旦有人第一个站出来说话，后面的事就变得简单了。银珍第一个站出来说话之后，其他的孩子就跟着出来维护银珍。施兰眼睛眨也不眨地听着他们说话。

“我最不喜欢在别人背后做偷鸡摸狗的事情！”

孩子们听到银珍的叫喊声，赞同地点着头，施兰毫不示弱地回敬道："我也不喜欢你们这种人！"

孩子们听到施兰冷冰冰的话，惊讶地看着她。

"在大家面前装优雅、装高贵，然后背地里和男人搞奴隶契约之类的东西……嫌这样不够还同居——看到这样的我，也许你们会觉得很荒唐，很恼火。"

"知道就好！"

"但是不知道事情的来龙去脉就把我孤立起来的你们，我也不喜欢！"

施兰的眼里充满了泪水。

不知道事情的来龙去脉，不知道事情的内幕，光看表面，只相信传闻，施兰对把她孤立起来的孩子们感到很失望和气愤。

"你们骂我，向我泼污水，我都不介意，甄施兰不会为了这点事情而丧失自信，并且向你们求饶！"

施兰用手心擦掉眼中含着的泪水，用黑黑的眼珠凝视着孩子们。

"哪怕相信我的人只有一个人也好，不论是什么样的传闻都好！只要韩菊黎相信我就可以了，其他的我一点都不怕，随便你们怎么做。并且不是你们孤立我，而是我在孤立你们，我也不想和卑鄙、无耻、狭隘的人说话。"

"疯婆子，看她那德性！"

"孤立我们？是不是真的疯了！"

孩子们听完施兰的话，开始说起了脏话，但是施兰依然微笑着盯着孩子们。

逐渐变得与菊黎相似的施兰。

"喂，甄施兰！"

推开教室门，一个女孩很没礼貌地叫着施兰的名字。

"学生科主任找你！"

施兰皱着眉头，孩子们好像知道什么事情似的，相互使着眼色。

“什么？”

施兰有些慌张地盯着学生科主任老师。

这里是学生科。

虽然老师们不该这么做，但是真的想确认一下已经传遍整个学校的传闻。

表面上老师们都在准备课件、看资料什么的，但实际上他们都竖着耳朵听着学生科主任和施兰的对话。

站在学生科主任旁边，讥讽地笑着瞪着施兰的是崔申慧。上次在选拔学生会主席的时候，她与甄施兰都是候选人，但是甄施兰以压倒性的票数让她输掉了竞选。

“孩子们把这个东西交过来了。”

学生科主任有些尴尬地指着桌子上厚厚的纸张说道。施兰皱着眉头读着纸上的题目：“申请重新选拔学生会主席。”

在那个标题下面写满了孩子们的姓名，申慧看着她得意地笑着。

“孩子们做到这种程度，没有办法了，还有家长们也建议重新投票。”

施兰的脸上露出慌张的神色，她来回望着纸张和申慧。

“将要与你一起参加竞选的崔申慧，你应该认识她吧？上次也是与你一起参加竞选来着。”

两个人听着学生科主任的话，都点头回应。

“写出各自的演讲稿吧，这次不打算像以前那样搞那么大的选举大会，只是在运动场进行各自的演讲，一个星期之后。”

学生科主任有些担心地看着施兰，但是她低着头，盯着地面，看不出任何表情。

施兰分明感到了绝望。

即使是再不堪入耳的传闻也好，但是施兰是学生科主任十分看重的学生，所以对她的一切一切都给予了原谅。

“施兰，没事吧？”

施兰听到学生科主任的话后，马上抬起头，爽朗地笑着。

看着与刚才不同，充满活力的施兰，学生科主任有些呆住了。

“我会听老师的话，好好准备演讲稿的。谢谢老师！”

“那个，施兰啊！”

学生科主任叫住正要走出去的施兰。

施兰将瀑布般的头发向后一甩，回头温柔地凝视着学生科主任。

“那个……上次的……传闻，就是公告栏上的……我想是有人故意捉弄你！哈哈，韩菊黎和你绝对不……”

“那个传闻……是真的。”

施兰一脸骄傲地笑着，走出学生科的门。紧接着，申慧也发着牢骚走了出来。

哐！

学生科的门被关上的瞬间，所有的老处男老师都扑倒在办公桌上。

“不可以，不可以！”

“那个该死的韩菊黎，我们天使、天使般的施兰……”

“呜呜……我跟韩菊黎比起来，哪个地方差了啊？只是年纪比他稍微大了点罢了！”

“原本来学校的乐趣就是看施兰，但是现在……”

老处男老师比较多的这个学生科，气氛变得比丧礼还要沉重。

“你的脸皮可真厚！

施兰从学生科出来之后，正想回教室，从后面传来申慧的刺耳的话语。

施兰皱起了眉头，但是马上一脸傲气地笑着对申慧说道：“哪有你的粉底厚啊？”

“什么？”

“上次在学生会主席的选拔大会上被淘汰了，就应该更加努力才是，没想到竟然乘人之危，太卑鄙了，你不觉得吗？”

反倒被施兰咬了一口的申慧通红着脸，浑身颤抖着，继续说道：“和韩菊黎那种低能儿交往有那么好吗？”

“韩菊黎……不要以这种方式说话，他是我真爱的男人！只知道人名，什么都不懂的人，在别人背后说三道四，真是让人不爽！”

“我都这样说了，还觉得他是你老公吗？”

“是啊，是我的男人，怎么了？我拿你怎么办是好呢？以你这种性格，真不知道能不能找到男人。”

“什么？”

“如果想说韩菊黎是低能儿，就给我找个比韩菊黎更好的人！”

重新迈开步伐向前走的施兰，没走几步就停下来，目光锐利地瞪着以不可思议的眼神看着自己的申慧。

“专门挖别人伤口的人，真的很卑鄙，以后不要这样了。虽然不能舍弃你的本性……如果挖别人的伤口，赢了会觉得自己非常了不起，但一旦输了，将会成为世上最卑鄙的人。咱们等着瞧，看看你是能成为了不起的人呢，还是会成为卑鄙的人呢？”

向申慧露出一个善良而优雅的微笑后，施兰那向前走的背影让人感觉充满着自信。

过了好久之后又重新站到施兰的学校门口等着她的菊黎。

菊黎一出现在校门口，海英女子高中的女孩子们就尖叫着围在他周围，但是菊黎看不见她们似的认真等待着某个人。

注视着菊黎的女孩子们，在这么短的时间内已经意识到，只要不挡住他的视线，他是绝对不会介意的，但是这时有个女孩子却正正地站到菊黎面前。

菊黎以踩到了屎似的表情狠狠地盯着眼前的女孩子，但是这个女孩子兴致勃勃地笑着说道：“你就是韩菊黎吗？”

“滚开！”

“我在问，你是不是韩菊黎？”

“啊，晕！给我滚开，不然我的眼睛会瞎掉的！”

申慧被皱着眉头、虎视眈眈地盯着自己的菊黎吓到了，但是申慧知道大家都在看着自己，为了掩饰恐惧，她把下巴抬得高高的。

“应该回答问话，不觉得这是礼貌吗？”

“我不懂礼貌。”

“那个……我很喜欢你。”

“谁叫你喜欢我了？我不喜欢你，赶紧给我滚！”

已经到了该出来的时间，但是菊黎在视线范围内找不到施兰的影子，正担心学校里头是否发生了什么事情。再加上眼前的这个女人像蚊子似的叫个不停。虽然不知道她是什么人，真想用拳头把她打飞掉，但是怕被施兰骂，现在只能忍着。

“你这种人用卡车送一堆过来，我也不喜欢！”

伤到自尊心的申慧开始说起胡话，菊黎呆呆地盯了一会儿申慧，扬起左嘴角。

“即使我这种人有一大堆，也不会有一个人看上你这种女人的，所以赶紧给我滚开！你肥大的身子挡住我的视线了。”

“我会被选为学生会主席的！你不要无视我！”

申慧被伤到了自尊心，也许是想不到应对的话，她总是说些奇怪的话。

但是从她口中听到关于学生会主席的事情，菊黎稍微有了点兴趣。菊黎凝视着她，申慧像是得逞了似的笑着说道：“甄施兰从学生会主席的位置上被撤下来了。”

“要说实话，是重新投票，不是被撤职。”

听到海珍声音的菊黎开心地笑着，无视申慧的存在，立即跑到海珍的身旁，因为海珍在的地方施兰也会在。

“哇，甄施兰！”

菊黎像是见到主人的小狗似的对施兰摇着尾巴，来看菊黎的女孩子们看着这样的他，皱紧眉头，狠狠地盯着施兰，但是她像看不见她们一样，对菊黎说道：“不热吗？以后不要再等我了，怎么总是等我啊。”

“当然是为了一起回家了。”

“但是太热了，万一你中暑怎么办？”

“没关系，就这种程度的热，我会把它生吞掉的！呃哼！”

施兰被发出狮子般的吼叫声的菊黎吓到，抬起头看着菊黎咯咯地笑了出来。

瞬间申慧的存在感消失得无影无踪。

不知所措的申慧，感觉到大家的视线，马上对着菊黎吼叫着：“喂，韩菊黎！”

被申慧的叫喊声打扰，之前还对施兰奉承着的菊黎恢复无情的表情，狠狠地盯着申慧。

“甄施兰，你认识那个婆娘，不是，认识那个女孩子吗？”

马上改正说话方式的菊黎君。

施兰微笑着对菊黎说：“她是要和我一起参加学生会主席选拔的人。”

“唔？学生会主席不是你吗？”

“打算重新选举。”

“为什么？”

“孩子们说这样比较好。”

“哇，妈的，就是为了那张纸条吗？”

菊黎气得大吼大叫着。施兰点着头，同时也皱起了眉头。

“你能不能不要再说脏话了？”

“在这种情况下能不说脏话吗？”

“当然可以！”

“我不能！”

“为什么不能？”

“我说了，我不能！”

“哪有不能的事情？”

“当然有！”

“呼呼呼！”

“切！”

为了点小事情开始吵起来的两个人，通红着脸，对视了一会儿，“哼”的一声之后把头转过去，夹在两个人中间的海珍只能尴尬地笑着。

“甄施兰是笨蛋！连为你好都不知道。”

“谁说我不知道？我知道。只是想让你不要说脏……”

“我要说，妈的，妈的，妈的，妈的，妈的，妈——的——”

（注：韩语里说“妈的”的时候，是撅着嘴的。）

菊黎撅着嘴，像是放炮似的不停地骂着，施兰扬起眉毛，狠狠地盯着菊黎，但是菊黎像是一点都不受影响似的哼着歌。

施兰轻叹一口气，看着申慧。

“但是，你为什么在这里？”

施兰用毫不客气的口吻问申慧，同时菊黎和海珍也转过头看着她。

“喂，你是谁？妈的。”

“唔？又说脏话！”

“妈的，妈的，妈——的——”

“韩菊黎！”

“妈的！”

一点都不让步的两个人相互瞪着眼。

申慧看着两个人的样子，终于无法掩饰尴尬，迅速离开了现场。

（等着瞧！甄施兰！韩菊黎！下次一定不会再让你们无视我的存在！甄施兰，这次由我来把你踩个稀巴烂！）

“天啊，天啊，这是什么话？为什么会这样啊？”

“不都怪你嘛！”

施兰看着惊讶得不知所措的侑兰的模样，火气自然就上来了，大声吼叫着。

“天啊，是我干的吗？嘿嘿！”

可能是自己都觉得不好意思，侑兰尴尬地笑着，躲避着施兰的视线。

“你怎么不回你老公身边呢？赶紧回去！”

“太过分了！”

“什么太过分啊，赶紧回去！”

“呜呜……”

对施兰使用这一招，简直是自己白费力气。施兰狠狠地盯着忘我地看着她们姐妹俩的菊黎。

菊黎被吓了一大跳，向后退去。

“啊，我又怎么了！”

“啊，我又怎么了？”

“你要是总用这种眼神看我，我又要说脏话了。”

菊黎向施兰撒娇，但施兰皱起眉头又开始吼叫起来。

“试试看，谁怕谁？”

“嘿嘿，甄施兰是不是不会撒娇啊，真没意思，真不可爱！”

菊黎有些不可思议地看着她，施兰气得猛地把头转过去。

菊黎万万没有想到施兰会有这种反应，感到不知所措。侑兰在旁边嘻嘻地偷笑着，看着两个小情侣的打情骂俏。

“喂！”

菊黎用手指试探性地戳施兰的肩膀，但是施兰正在生气，摇晃着身体，头都不回一下。

“喂喂喂！”

比刚才更使劲地捅着施兰，但是施兰比刚才更不耐烦地摇晃着身子，还是不理会菊黎。

“生气了？甄施兰，生气了？”

“我本来就很不可爱，很不会撒娇，所以也不会生气。”

菊黎听了施兰的话，强忍住笑意，咳嗽了一下，扬起左嘴角微笑着。

“你只要说，菊黎啊，我爱你。我以后就叫你撒娇宝贝！”

“什么？”

施兰满脸不可思议，一直在旁边看着两人打情骂俏的侑兰不好意思地离开了现场。

“菊黎啊，菊黎啊，我心里只有你！你只要这么说，我就叫你可爱宝贝，来示范一下。”

“你疯了吗？”

听到从施兰口中说出的粗鲁的话，菊黎惊讶得眼珠子都要掉出来了。

“哇！甄施兰，竟然对像老天般的老公说这样的话？疯了？”

“那么，那些话该对我说吗？”

“我怎么了？”

“叫我撒娇宝贝？叫我可爱宝贝？算了吧！没那个必要！”

“你不是不会撒娇嘛，不是很不可爱嘛，所以我说要教你……”

施兰看着过于正经、没有一丝玩笑意味的菊黎的表情，惊慌失措起来。

跟施兰比起来，菊黎更会撒娇。

“别忘了我也是女人！”

施兰突然说起莫名其妙的话。

“知道，怎么了？难道谁说你是男人吗？”

“因为、因为我也是女人……”

害羞地通红着脸，低着头，想要说什么的施兰，轻轻地闭上眼睛，继续说道：“我也想……对你撒娇，也想成为可爱的人，但是……但是……”

菊黎看着吞吞吐吐、不知所措的施兰，表情逐渐变得温柔起来，他把施兰紧紧地拥入怀中。

“哇，哇，甄施兰真可爱！哇，哇！”

“咳，咳，我、我喘不过气了！”

“哥哥抱你的时候，要顺从哦！”

菊黎装得像个很有风度的男人似的，装得像个比施兰还大好几岁的男人似的，温柔地将施兰抱进怀里。

施兰嘻嘻地笑着，把头埋进菊黎的怀里。

“有没有为改选学生会主席的事计划好战略啊？”

菊黎看着正要睡觉的施兰问。她却目不转睛地盯着他说道：“赶紧回你房间去。”

“你睡了之后。”

“赶紧回去！”

“不要，你睡了我就回去，怎么话这么多！kuag！”

（注：kuag 是在吓唬人的时候使用。）

“kuag？”

“都不到我的一个拳头……”

“怎么说话的？”

施兰从座位上跳起来，喘着粗气，瞪着菊黎。

他看到她的模样笑了一下，然后叹口气继续说道：“知道了，知道了，躺下吧！”

“我已经计划好了，所以不用你担心。”

“这么早？”

“嗯，在家休息期间，预想到了这件事情会发生，所以为了以防万一……”

“什么战略啊？”

菊黎好奇地问着，但是施兰只是笑笑，什么话都没有说。

也许是因为这个，菊黎有些生气，撅着嘴，背对着施兰坐着。

“但是，你的模拟考试怎么样了？”

施兰正好又提到菊黎担心的事情，使得他的脸逐渐僵住，他从座位上站起来，大步走向墙上的门。

“我在问你，模拟考试怎么样了？”

向菊黎叫喊着的施兰非常坚持。

菊黎停下脚步，钻出去之前，尴尬地笑着，挠着头。

“那个、那个，哈哈哈哈！”

“估计你以后就要被海珍一直叫低能儿了。”

施兰以担心的口吻说道。菊黎噌地把头转过去，吼叫着：“没关系，没关系，怪物那个家伙也许已经忘了！哈哈哈哈！”

“模拟考试成绩公布的时间只剩下十天了。”

“没关系，没关系！”

施兰看着这样的菊黎，觉得更加不安起来，但她吸了口气，还是笑了出来。

她恢复了原来的甄施兰的模样，不是，是恢复了和以前不一样的真实的甄施兰模样。

平时挺着胸脯、优雅地让发丝飘扬着走路的模样，一直保持着聪敏的头脑的样子一点都没有变。但是对着别人的时候偶尔也会冷淡，不是绝对的温柔，一句话，就是会流露出自己的真实感情。

对自己好的人，施兰会对她很好；对自己不客气的人，施兰也不会给她好脸色。

做回优秀学生的施兰，依然没有她解不了的题。虽然不是所有的人都喜欢施兰，但是跟以前比起来，真诚的朋友多了几个。

不仅她变了这么多，他也变了很多。

之前“上课时间是玩的时间，休息时间也是玩的时间，老师讲课是在唱催眠曲”的观念已经消失得无影无踪，虽然改不掉散漫的本性，但是也会听课，偶尔也会批评不认真听讲的孩子们。不管怎么样，菊黎在不断地努力。

就这样从小的事情开始一点点发生了变化，终于到了一周后学生会主席重新选举的时候了。

在运动场上开始了投票大会。

首先是选手到主席台上大声演讲自己的观点和抱负。

一号选手是崔申慧，她开始了自己的演讲，大部分人好像都打算选申慧似的认真听着。

与上次的选举不同，她相当热情地开始了自己的演讲。

“如果我当选为学生会主席，绝对不会引起不好的传闻。在处罚大家之前，我会自觉地自我批评，我的第一个想法就是这个。第二个想法是为了提升大家的成绩，一周一次或者两次进行有组织的学习，因为我们学校现在是全国一流的高中，为了大家都能够考上好的大学，我觉得这是非常必要的。还有第三个想法是……”

刚开始的时候都认真地听着的孩子们开始发起牢骚，不过很小声，所以申慧不知道这个情况，竟然整整讲了四十分钟。

她打破了校长的三十八分钟的演讲记录，创下了新的校记录。

与此同时，孩子们的脸上露出不耐烦的神色。

“下一个参选人是甄施兰同学。”

通过学生会部长的介绍，施兰站到了主席台上，但是台下基本上没有盯着甄施兰的人。

唧唧喳喳的声音越来越大。

望着这样局面，施兰轻轻地闭上了眼睛。

在下面看着施兰的申慧脸上满是讥讽的表情。

“大家好，我是二号选手甄施兰。”

施兰刚开口，孩子们的喧哗声更大了起来，施兰紧紧地闭上了眼睛，但是马上又睁开眼，摇摇头，很有自信地大声说道："我把我的计划跟大家说一下。第一个想法是……"

深深地吸口气之后，施兰上对着麦克风大声吼道："我会把我们的学校和海英男子高中合并。"

施兰的声音传遍了整个运动场，还传到了海英男子高中里头。

施兰感觉到所有人的视线都集中在自己的身上。放下心來的施兰用真挚的表情，严肃地讲起计划的始末。

"从几年前开始，在学生们之间就有这样的传闻。我身为前一任的学生会主席，说一下我所了解的情况。这个传闻是真实的。海英男子高中一方有好几次提议要和我校合并，但是我们学校的老师每次都拒绝掉了。"

学生们开始吵闹起来，老师们以无奈的眼神瞪着施兰，在孩子们都在的场合又不能把她拽下台，只能在原地跺脚。

"我的第一个想法就是与海英男子高中合并。就像崔申慧说的那样，我们学校在全国都是数一数二的成绩优秀的学校，但与此同时学生们都是只会学习的书虫，没有体会过只有在高中时候才会有的浪漫。我不觉得和异性在一个学校，会使成绩下降，反而只要在一个学校……"

之前对施兰的演讲漫不经心的孩子们，为了能听清楚她的话都竖起了耳朵。

孩子们的脸上泛起"如果甄施兰的话成为现实的话该多好！"的表情。

"第二个想法是建设与大学一样的设施。因为这是在成为男女公校的基础上才能够实施的，所以为了实施这个想法，我一定会把我们的学校变成男女公校。现在只要把海英男子高中和海英女子高中之间的墙拆掉，可以说就在一个地理位置，只要把……"

施兰专门挑些可实施的、专门为学生好的方案来说。

虽然这是谁听了都会觉得很荒唐的方案，但是如果真的想建成男女公校，一定没有问题。

海英男子高中向女校提过好几次建议的事情大家都知道了，所以这件事情可以说一定会成功。

施兰讲起了第三个想法，就这样在十分钟内干净利落地结束了演讲。因为对这个想法非常感兴趣，所以大家都不知道时间是怎么过去的。

“我会成为不再让大家失望的甄施兰，我会成为大家可信赖的甄施兰。从现在开始我不会再隐藏我真实的一面，就这些。”

“哇！”

突然从海英男子高中那一边传来吼叫声，正在为施兰鼓掌的海英女子高中的女孩子吓得不约而同地看向海英男子高中。

不知道什么时候开始，不顾是上课时间，男孩子们齐刷刷地贴在海英女子高中和海英男子高中之间的墙上吼叫着。

“男女公校万岁！”

“一定选甄施兰哦！大家一起度过美好的青少年时光吧！”

“甄施兰，你是最棒的，太可爱了！”

这些孩子们的反应让施兰有些不知所措。老师们被海英男子高中学生们的反应激怒，愤怒地向他们吼叫着，但这些都无济于事。

虽然很希望惹出这个事情的人是韩菊黎，但绝对不是他！

因为今天早晨上学之前，施兰对菊黎说过，“如果做些奇怪的事情，我会饶不了你”，所以他不会那么做。

“这帮该死的家伙们，赶紧给我下来！”

另一边，不是海英男子高中老师的叫喊，而是韩菊黎在跺着脚吼叫着。

“菊黎，是不是疯了。”

萱镇傻傻地说，友林在旁边无奈地摇着头。

“你是不是没听菊黎说啊？甄施兰说，如果在自己演讲的时候做些奇怪的事情，会饶不了他。”

“但是菊黎那是在干什么呢？”

“孩子们突然闹成那样，很明显菊黎会被怀疑。”

“啊？”

“动动脑筋好不好啊，尹萱镇！”

友林无视萱镇，用手使劲地按着萱镇的头。

“我怎么了？我怎么了？”

萱镇用手甩开友林的手顶着嘴，友林看着这样的萱镇笑了出来。

“我可不想和你这种小孩子耍嘴皮子！”

“你？郑友友友林！”

“我的名字不叫郑友友友林，而是郑友林！”

胜者，郑友林！

友林微笑地看着正在跺着脚大呼小叫的菊黎。萱镇通红着脸，气得来回走动。

“喂，你们这些王八蛋赶紧给我下来！你们再不下来就死定了！”

菊黎一想起施兰气急败坏的样子，马上摇着头。

“赶紧给我下来，你们这些王八蛋！”

施兰的想法为她吸引了不小的人气。

自从这次演讲之后，大家发现施兰具有做学生会主席的资质，没过几天模拟考试的成绩一出来，大家对她的不满更是消除得一干二净。

老师和学生们都认为施兰这次模拟考试考得很不好。

孩子看到这样的施兰，虽然一开始很反感，但是看着逐渐变得坦诚、开朗的施兰的样子，这种反感也一点点地消失了。

过了几天之后，申慧和施兰的投票结果公布了，申慧的票数比第一次还要惨淡。

申慧看到数字的那一瞬间，脸色发青，跑了出去，几天都没有来学校。

这都是理所当然的，在施兰面前挑衅之后，还嫌不够，又在施兰和菊黎面前说出了大话，但是这次选举申慧仅仅拿到十四张赞同票。

不知道该有多么丢脸，她竟然到暑假之前都没有来学校。

不管怎么样，施兰的想法已经进入了初步准备阶段。

炎热的暑假一结束，海英男子高中和海英女子高中之间的墙就会消失得无影无踪，在那个地方会建起大型的食堂，还有在任何地方都可以看到男女同学在一起的场景。

虽然合班是明年才开始，但大家都觉得很满意。

第三章　曲折的约会

“哼，我要改掉我这个臭脾气，妈的，我把第一次约会给毁了！在炒年糕的店里，让女朋友当服务员，我在一边炒年糕！”

“喂，怪物！怪物！怪物！”

暑期仪式。

菊黎完全无视自己学校的暑期仪式，来到施兰学校的校门口，等着暑期仪式的开始。

菊黎扬起左嘴角，往海珍的伤口上撒盐，海珍只能咬紧牙关，握起拳头浑身颤抖着。

“我真的没想到韩菊黎能做到！”

说是因为今天是暑期仪式，要搞得特别一些，所以友林和萱镇也来到了海英女子高中的校门口。

友林以赞赏的口吻对菊黎说道，菊黎也就得意地抬起下巴，以藐视的眼神俯视着海珍。

“哼，仅仅是一分之差而已。”

萱镇再也看不下去得意扬扬的菊黎，打击了一下他，听了萱镇的话海珍的脸上有了些活力，菊黎的脸色突然变得铁青。

“即使是一分之差也是我赢！”

“男子汉竟然计较那一分？真是小气，韩菊黎小气鬼！”

萱镇吐着舌头气菊黎，菊黎摆出了准备追着萱镇打的姿势，但马上又高傲地笑着说道：“我可不想和模拟考试总分都不到一百分的人说话，噗哈哈哈哈！”

笑得向后仰过去的菊黎。

这种结果连施兰都没有想到，她坚信海珍一定会胜出，但这是什么异变啊？

海珍 356 分，菊黎 357 分，仅仅一分之差，虽然这次海珍的成绩比以前低，但毕竟是菊黎赢了。

韩菊黎这个恶童能考过三百分本身就是个奇迹，不管怎么说，施兰还是很自豪，没白辛苦。

“怪物，以后要好好学习哦！嗯？哈哈哈！”

菊黎发出古怪的笑声，敲打着海珍的头，做出夸张的姿势，开始戏弄海珍。

海珍满面通红，咬着牙，狠狠地握起了拳头。

“我、我怎么会被这种低能儿……”

“唔？怪物！你说我是低能儿，你违反约定了！哇！你不应该这样！”

“喂，仅仅为了一分之差，何必摆脸色呢，你觉得很好吗？很好吗？”

“嗯！很好，哇！好极了！哈哈哈！”

菊黎抱住肚子，干脆坐在地上笑个不停，海珍看着这样的菊黎，气急败坏地抽泣着，以埋怨的眼神盯着施兰。施兰看着她的表情，只能尴尬地笑着。

这个该死的韩菊黎，模拟考试结果一出来就跑到海珍面前说道：“甄施兰一对一地给我补了功课，所以我的成绩才提升了这么多！我是不是天才啊？甄施兰是不是也是天才啊？”

"韩菊黎！"

一直叫他低能儿的海珍使出浑身的力气叫喊道。菊黎眯着眼睛盯着她。

"假期咱们比一下谁的听说考试的分数会更高！"

"好的，我接受挑战，怪物！哈哈哈！"

菊黎笑个不停。

萱镇和友林看着菊黎，无奈地叹着气，海珍以绝对不会输的意志握紧了拳头。

施兰在旁边难为情地看着菊黎。

就这样他们的暑假开始了。

虽然很炎热，但是有能够战胜炎热的安逸快乐的暑假。

以快乐地旅行为目的，可以到河边，或者到海边，或者到游泳池玩水！

想想都觉得兴奋及畅快，这就是暑假！

"好无聊啊！"

幸亏这么大的房子里都开着空调，也不用担心电费会有多少。虽然其他地方都没有这里凉快，但是菊黎的心情却很差。

暑假已经过了一个星期了。

第一天，菊黎和施兰都在家里睡了一整天。第二天稍微活动了一下，看 DVD 结束了一天。此后每天都这么无聊地过着，最终在施兰的建议下，两个人老老实实地坐在桌子前面开始了听说学习，但是没过五分钟，菊黎就趴了下去。

"坐到桌子前面刚刚过五分钟？"

施兰轻叹着气，瞪着菊黎。菊黎看了一会儿施兰，马上"嘻嘻"地笑着说道："现在可是放假哦！"

"听说考试的日期可没剩多少天了。这次可能会输掉的，海珍的英语可是很棒的。"

“我也很棒！”

“那，比一下！”

施兰笑着背靠着椅子，盯着菊黎。

他露出有些难堪的表情，但是马上握紧拳头吼叫着：“I love you，施兰！”

“什么啊，别的，别的！”

“Kiss me，甄施兰！”

“喂！”

施兰通红着脸吼叫着，想打菊黎。菊黎却眨着眼睛，对施兰说道：“这个在歌词里头经常出现，我只是说说而已。”

“你难道不懂这是什么意思吗？”

“哈哈哈！懂了怎么样？不懂又怎么样呢？”

“你在模拟考试中的英语是怎么考的？”

“把所有的都背诵了一遍，所以就会了。”

“但是连 Kiss me 都不懂是什么吗？”

“当然也有可能不知道，哈哈哈！”

听着菊黎的笑声，施兰变得全无力气，想叫菊黎学习的心情消失得无影无踪。

不知道菊黎知不知道她的心情，他微笑着对施兰说道：“我们出去玩吧。”

“学习！”

“哇，哇，哇，现在可是假期啊。我们出去玩去吧，好不好？好不好？好不好嘛？”

菊黎已经进入了撒娇状态，施兰摆出难堪的表情，叹着气。

“不可以，那你的听说考试怎么办？”

“总会有办法的！”

“你那种态度是不对的！韩菊黎，完全变了，你！”

施兰非常生气似的向菊黎叫喊着，但他只是眨着眼睛。

“我怎么了？”

“在交往之前你说过什么来着？我喜欢的你都喜欢？我喜欢听说好的人！”

“嗯……”

施兰正好说到菊黎的心里，他什么话都没说，把头转过去。施兰用双手扳回菊黎的头。

“看哪个地方！”

“呜呜！我学习就是了！”

“什么时候？”

“以后！”

“光说不练！”

“怎么会，我会学的！还有甄施兰，你也变了！”

“我怎么了？”

施兰很自信地向菊黎吼道。菊黎静静地想着，突然好像想起了什么事情似的，皱着眉头嘟囔着。

“以前教我功课的时候，是那么温柔，那么认真，现在不仅是胁迫，还施加暴力！哇，哇，甄施兰真讨厌！”

“我也讨厌你！”

“哇！哇！不要学我的话！”

“谁跟你学？我是真的讨厌你，说的是实话，不是学你的话！”

施兰和菊黎都喘着粗气，死死地盯着对方。

两个人怎么比交往之前吵的次数还要多。

虽然已经解除了施兰的奴隶契约的关系，但主要是因为两个人的关系变得更加自然了。

“真的不打算出去玩吗？”

菊黎通红着脸，不客气地问施兰，施兰也不甘示弱地粗鲁地问：“你真的不打算学习吗？”

施兰看着使劲点着头的菊黎，狠狠地往死里瞪着。

气急败坏地瞪着施兰的菊黎像是有了什么妙主意了似的，左嘴角向上扬起，施兰看到，浑身颤抖了一下。

也许菊黎不知道，但施兰很清楚，菊黎的左嘴角向上扬起是什么意思，就是恶童韩菊黎的脑子里有了耍人的好主意，施兰开始不安起来。

（什么啊？想用什么样的招式来为难我呢？韩菊黎，我不会那么轻易地被你耍的！）

施兰躲开菊黎的视线，暗自下着决心，握起了拳头。

菊黎终于开了口。

“韩菊黎模拟考试都考过 350 分了，连一点鼓励奖都没有，还要在这么好的暑假，被身为女朋友的女人强迫着学习，唉！我的命啊！真想变成风，离开这个地方！啊～”

（我会因为你这种话上当吗？嘿嘿！）

施兰得意地笑着，正要阻止菊黎的第一个进攻。

菊黎不介意施兰的无视，像是早料到了似的，一点表情变化都没有。

“如果我今天能够尽情地玩一天，我有自信以后能够好好学习！”

菊黎握紧拳头，表现得意志很坚定地对施兰说道，但是施兰的脸上依然没有任何表情。

“就玩一天，明天开始我一定会认真学习，我以男人的名义保证！”

施兰听着菊黎的话，有些心动，但还是面无表情地摇着头。

（不可以，不能被这些话动摇！打起精神啦，甄施兰！）

“哇！男朋友都求到这个程度了！都说了就玩一天，明天开始好好学习了！怎么连个反应都没有？好的，你原来不喜欢我学习啊？原来是这样啊！哇！甄施兰真小气！”

“如果我不喜欢你学习，干什么要陪你学习啊？”

“我有自信，今天玩一天之后，明天开始就能好好学习！”

“我怎么能、能相信你？”

被菊黎纠缠得开始动摇的施兰。

菊黎没有表现出来，但是脑子里开始不地想着对付施兰的方法。

“我说过以男人的名义做保证！我违反约定，还是个男人吗？我不做男人了！”

菊黎意志很坚定似的瞪着眼睛看着她，无法再坚持下去的施兰终于投降了：“知道了……只有今天？”

“好的！”

甄施兰，败！

刚刚露出的无聊的表情消失得无影无踪，菊黎开心地笑着从座位上站起来，跑到衣柜前，一边翻着衣服，一边叫喊着：“我们去哪里呢？有没有想去的地方啊？哇，简直是第一次约会啊！太好了！”

本来在这种情况下，一般都是女的兴奋得不得了，男的在旁边欣慰地看着才对，但是这两个人却是正好相反的。

菊黎兴奋得不知所措，施兰在旁边看着，轻叹着气，微笑着。

“就去市区吧，去那边吃饭，然后看电影……”

菊黎听着过于平凡的约会项目，无精打采地看着施兰。

“除了那个，有没有特、特别一点的啊？”

“特别一点的？”

“特别一点的当然有了！”

哐当！

开门声突然传来的同时，施兰和菊黎都有点不安地轻轻眯上了眼睛……

（希望……希望……我们的预想是错误的……）

两个人祈祷着，但是这两个人的预想是正确的，友林、萱镇还有海珍出现在他们面前。

友林和萱镇肯定是为了妨碍两人而来，海珍像是硬被这两个人拉过来的，撅着嘴，嘴里还在背诵着英语单词。

“与朋友们一起的第一次团体约会！哈哈！”

萱镇表现得很好玩似的，捧腹仰头大笑，友林勉强扶住向后倒的萱镇，微笑着。

“我们也去约会吧！”

“不可以，你们疯了吗？想跟到什么地方？”

菊黎对着两个人小声吼着，但是友林和萱镇问的却是施兰。

施兰有些难堪地笑着。那两个人更是摆出可爱的表情。

“我们也是太无聊，所以才过来找你们来玩的。呜呜！”

“打算把我们赶出去吗？呜呜！你的好朋友也过来了哦！”

“我也不想来的……呃！”

海珍条件反射地吼叫着，但是话还没有说完，已被两个人堵住了嘴，挣扎了一下的海珍终于还是停止了反抗。

早就知道无法赢过这两个人。

“一、一起去吧！”

“好啊！”

“喂，不可以，绝对不可以！”

菊黎绝望的声音在房间里回荡，但是友林和萱镇像听不见似的手舞足蹈着。

寻找……能把这两个男人带走的女人！

施兰和菊黎的首次约会就这样被搞砸了。

这几个所谓“名人”的家伙，在大道中间走着，其他孩子看到这些人后开始骚动起来。

特别是在这附近的海英高中是韩国最好的学校，校服也是漂亮得有名，而且还有问题恶童韩菊黎、郑友林、尹萱镇，再加上海英女子高中的第一美女甄施兰也在。

最近因奴隶契约书引起风暴的主人公们齐聚一堂，他们怎么可能避免路人的这种视线呢？

他们都不知道自己已经引起了不少人的注意，还是各玩各的。

“我要回家了，你们自己玩吧！”

海珍转过身，正想抽身回家，但友林和萱镇走到海珍的两侧，拖着她的胳膊，把她拉到施兰和菊黎的面前。

“啊！我要回去学习，你们希望我一直被韩菊黎叫成怪物吗？”

“没关系！”

“我也是，我也是！”

“我是挺好的，但是不喜欢你们在这儿，你们不回去吗？”

海珍狠狠地盯着眼前这三个家伙，但是他们并不介意她的眼神。菊黎不断地嘟囔着，萱镇和友林却因为妨碍了两人的约会而沉浸在兴奋中。

施兰被这几个人吵累了似的，轻叹着气，正靠到路边的墙壁上的时候……

咔嚓！

突然传来相机的拍照声，所有人都惊讶地看向声音发出的方向。

“啊，没得到您的同意就拍了照，实在是抱歉，我就是这样的人。”

穿着正装的三十岁左右的男子走到施兰面前，向施兰递上了自己名片，在施兰接之前，菊黎一把把名片抢了过去，读起来。

“×××唱片公司？”

“是的，我是室长，我培养过许多明星。××你们认识吧，他是我培养的。还有现在很出名的千申铉，你们知道吗？他就是我选拔出来的。”

也没有人问他，自己就说得滔滔不绝。菊黎看着这个男子，脸上的青筋开始冒出来了。

但是这个男子没有感觉到似的，继续说道：“同学，你就是我要找的人，让我培养你吧！”

菊黎站到兴奋不已地向施兰说话的男子面前。

男子惊讶地抬头看了看菊黎，同时脸上泛起了红光，开心得不得了。

“你也想让我培养你吗？好的，好的，你的脸长得还蛮帅的，好的！你们两个我一起培养！你们唱歌唱得怎么样？那演技怎么样？或者做模特儿？模特儿比较好！”

菊黎脸上的青筋开始颤动，但是眼前的这个男子还沉浸在自己的兴奋中。

对那个男子感到无奈的萱镇，走向那个男子说道：“叔叔……”

“唔？怎么了？你也想要吗？”

“不是。或许……你知道海英财团吗？”

“知道啊！”

“那么，知道韩菊黎吗？”

“当然知道了，听说别人都叫他什么来着？世上最坏的恶童！对，好像就是这个！”

“这就对了！”

听了这个男子的话，菊黎的左嘴角向上扬起，并以“找到有意思的目标了”的眼神凝视着对方，这个男子在他的注视下明显感到了不安。

“这可怎么办是好啊？世上最坏的恶童就在这儿呢！”

菊黎得意地笑着。这个男子吓得转过头去，这时友林和萱镇站了过来。施兰和海珍无奈地摇着头，叹息着。

“叔叔，在世上最坏的恶童面前不能说坏话的哦，这样的话世上最坏的恶童自然会想跟你开非常过分的玩笑了。”

“哈哈，同学们，对长辈不应该这样的哦！”

“我们做什么了？竟然说出这种话！”

萱镇摆出哭相，一步一步走向男子，该男子只是尴尬地笑着，不知该怎么办是好。

菊黎笑着抢过男子手中的照相机。

“喂，小心点！那里有今天发现的所有孩子的照片！”

“这样的话，我们一定能成为明星吗？”

菊黎不动声色地问着这个男子。男子一听到关于职业方面的问题，就把自己现在的处境都忘掉了，从口袋里拿出记事本，正打算记录些什么东西。

“这个嘛，这个！好的，那么现在开始要不要回答几个问题啊？”

“不要！”

也不管对方几岁，逗够他以后，菊黎把照相机里头的胶卷全部都拉出来，扔到地上。

男子的脸色变得惨白，同时菊黎的眼睛里含着泪水，非常抱歉似的吼叫着：“哇！我的手怎么不听使唤啊，这是怎么回事？真是对不起！”

接着他从男子手中抢过记事本，一张张地撕掉，并且开始模仿以前一个搞笑节目中的《我不是一个人》。

“哇！我的手，我的手怎么不听使唤啊！不可以！不可以！”

“不要这样，孩子们！”

菊黎不顾男子的哀求，把记事本全部都撕掉。施兰和海珍咧着嘴，傻傻地看着这一切。

“叔叔，照片不是瞎照的，叔叔，不能随便骂人。我是非常、非常小气的人，所以这些话，一辈子都会给我留下伤害的，知道吗？”

只有对着施兰的时候才有所不同，以前那恶童的行为一点都没有变，施兰走向菊黎大声吼叫着：“你这是干什么呢？”

“不是叔叔先骂我的嘛，还有随便照相！”

“虽然是这样，但这是不是太过分了？”

“逗你玩。”

“什么？”

“逗你玩！”

菊黎吐着舌头戏弄着施兰。施兰真想把那舌头拔掉，但是现在不能掉进菊黎的圈套，所以要认真思考之后再行动。

“韩菊黎，虽然那个叔叔在没有我的允许下照了相，还有对你进行人身攻击是他的不对，但是我国是什么样的国家啊？是尊重长辈、以礼待人的有礼貌的国家，所以要对你自己做的事情……”

“啊？听不见，什么？什么？”

“韩菊黎！”

“逗你玩！哈哈哈！”

菊黎捧腹大笑着，天天被菊黎欺负的两个朋友也是笑得跟菊黎一模一样。

施兰的头上开始冒起黑烟，不管自己说什么，菊黎都会以玩笑来应付，这是再明显不过的了。她把头转过去，看着茫然失措的男子。

“叔叔，没事吧？真是对不起。”

施兰扶着男子的胳膊，菊黎看到这个，气急败坏地走向施兰。

“你干什么碰这个男的！找死啊？”

“我就要扶他，怎么了！”

菊黎皱着眉头，生着气。施兰终于爆发出来了。

我们的施兰是谁啊，施兰忍住、忍住、忍住怒火，不知什么时候眼睛开始含着泪水，以最可怜的表情，望着菊黎抽泣着。

“菊黎啊，你是不是太过、过分了？呜呜！我对菊黎真的很失望，一点都不会尊重长辈……看你这样，是不是见到我爸爸也会这样啊？还对我大吼大叫……呜呜～”

施兰的高超演技，使得除了海珍的其他三个男孩子都不知道该怎么办是好。这就是“女人的眼泪比男人的力气还要厉害！”的战略。

施兰的眼泪，还有‘以后见到我爸爸’的话，还有不加姓，直接叫‘菊黎’的话，使得菊黎丢了魂似的。

“不、不是，我怎么会对你爸爸，不……是对岳父大人吼叫呢?!”

（岳、岳父大人?）

在表演的时候，听着从菊黎嘴里冒出来的荒唐的话，眼泪差点就缩回去了，但是施兰是何等人物啊，像是什么事情都没有发生似的继续表演着。

“还有……还有我对施兰、施兰吼的事情真是对不起！”

不加姓，叫着施兰名字的菊黎，既有些尴尬，又有些不好意思，像个七福子似的傻笑着，友林和萱镇看着这样的菊黎，一方面觉得不可思议，另一方面觉得恐惧。

(我也找到爱情的话……会变成七福子、八福子吗?)

(我也会……被女人玩弄于掌心上吗？呜呜！)

(注：这里的七福子、八福子是在韩国电影《王的男人》中出现的三兄弟中的两个。)

计划进行得非常顺利的施兰最后向菊黎提了个要求。

“那么跟叔叔道歉，这样的话，我会原谅你，还有原谅你对我吼的事情。”

施兰将视线转向掉进水坑的倒霉的叔叔，菊黎很不情愿地看着那个男子，点着头。

“叔叔，我刚才玩得太过分了，好像很对不住……非常抱歉，还有、还有失礼了，我是真心的！”

菊黎向男子鞠着躬，等待回音。

男子有些不可思议地来回看了一下施兰和低着头的菊黎。

“知、知道了，我也是随便照相，还骂了你，真是抱歉。”

男子的话一结束，菊黎抬起头，把照相机还给男子，男子只留下一句“保重！”就匆匆地离开了，从那个男子离去的背影来看，他再也不会来这个地区了。

“我是不是做得很好啊?”

施兰看着对着自己笑的菊黎的样子，嘴角露出了满意的微笑。

“嗯，做得很好！”

“那么就表扬我乖吧！”

菊黎天真地笑着，低着头，把头伸到施兰面前。

施兰有些惊讶，但是马上笑着，轻轻拍着菊黎的头，在旁边的两个男孩儿和一个女孩儿一直注视着这一切。

(我一定要找个女朋友！)

(我也想要个女朋友，呜呜！)

(赶紧把韩菊黎忘了，找个其他男人……)

孩子们各自想着心事的时候，从轻轻拍着菊黎的头的施兰肚子里传出“咕噜噜”的声音。

“唔？肚子饿了吗？”

菊黎像是发生了什么大事似的吼叫着，施兰尴尬地通红着脸，点着头。

这是件多么丢脸的事情啊！

“想吃什么啊？”

施兰想了一会儿，笑着说道：“炒年糕！”

“什么地方啊？”

“就这个附近，那里的炒年糕的味道简直是世上一流！”

菊黎带孩子们去的地方是一个偏僻的摆着摊的地方。

如果真的想吃好吃的炒年糕，就要来这种地方。因为菊黎是非常喜欢吃的人，所以对吃的地方了如指掌。

经过了几个摊子，找到了一个还没有开始营业的摊子，菊黎摆出惊讶的表情，跑向那里。

“奶奶！”

菊黎像是非常熟稔似的亲切地叫着，正在准备食物的奶奶迎向他。

“哎哟，我的小狗子，怎么这么久都没有来啊？”

别的摊子上已经做好食物，都摆放上去了，但是奶奶的摊子才刚刚开始做。

“您今天出来晚了吗？”

施兰看到过于礼貌的菊黎，有些惊讶。但是萱镇和友林却表现得很自然，与菊黎一起担心地问着。

“身体不舒服吗？”

“啊？我的腰不是很好，唉！”

“那么歇几天多好啊！”

菊黎用担心的口吻吼着，奶奶也不甘示弱似的打着菊黎的屁股，更大声地叫喊着：“我得了不治之症吗？”

打着菊黎的屁股并且叫喊着的人当中，能够活下来的，这里就有一位。

菊黎的脸上没有一丝不快的神色，反倒以担心的眼神看着奶奶。施兰看着这样的菊黎，只觉得非常惊讶。

“今天能做生意吗？”

“会做的，这个家伙！”

奶奶大声吼着，起劲地摇晃着身子，实在看不下去的菊黎、友林、萱镇一拥而上，开始帮忙。

“奶奶，我们来帮您，您只要说一声！”

“主人，您只要下命令，其他的由我们来做！”

“我们会按照主人的意思去办！”

萱镇和友林看着菊黎和施兰，以戏弄的口吻说道。刚开始一直在吼叫着的奶奶，可能是腰突然痛起来了，她坐到椅子上说道：“我可不会付给你们工钱的哦！”

“我有那么小气吗？连这种钱都要？”

奶奶听了菊黎的嘟囔声，开心地笑了出来，然后对海珍和施兰说道：“那边两个女孩儿也会来帮忙吧？”

“唔？”

“当然了！”

原本是来吃炒年糕的，没想到现在他们成了这里的主人。

“炒年糕，包在我身上！”

菊黎举起辣椒酱的盒子吼叫着，奶奶又一次拍着菊黎的屁股叫喊道："炒年糕是用力气做的吗？这个家伙！"

"油炸的，就包在我和友林身上！"

这次是萱镇和友林举起油炸用的面粉，奶奶在又一次叫喊之后，看着海珍和施兰。

"那我、我们来洗……"

"那么，就按照奶奶吩咐的……"

奶奶听了这两个人的话，满意地笑着点头。

孩子们开始各忙各的。

菊黎做的炒年糕、友林和萱镇做的油炸品的味道到底是什么样的呢？

真的很不安。

嗞嗞——

油炸的食物开始冒烟，炒年糕的香气刺激着鼻子。

认真地准备营业的海珍和施兰，以惊讶的表情看着菊黎、萱镇、友林。

奶奶慢吞吞地艰难地伸直腰，走到孩子们那里尝了几块炒年糕和油炸品。

孩子们摆出比任何时候都认真的表情，等待着奶奶的评语。

"嗯……"

与感叹词一起，奶奶的脸上泛起满意的笑容。

"做得很好！样子倒是不怎么样，但是很好！"

"哇！真的吗？噗哈哈哈！我果然是天才！"

"我也是天才！"

"如果你们是天才，我就是神！哈哈哈！"

海珍和施兰看着这三个自恋狂兄弟，摇着头，叹着气。

"甄施兰，过来！过来一下！"

施兰看着使劲向自己挥手的菊黎，慢吞吞地走向放着炒年糕的地方。菊黎像是一直在等着这一刻似的，夹起一块递向施兰。

“你是让我吃吗？”

“本来就是来吃这个的嘛，赶紧吃看看！我刚才偷偷地尝了一个，真的很好吃！哈哈哈！”

施兰看着笑弯了腰的菊黎的样子，尴尬地笑着，吃了菊黎给她夹的炒年糕。

“哇！”

之前看着是觉得有些奇怪，但是年糕确实是与施兰想象的完全不同的好吃，施兰用惊讶的表情看着他。

菊黎看着她的反应，非常满意，耸着肩膀，兴致勃勃地问道：“好吃吧？好吃吧？十个人当中有九个都会说好吃吧？”

“嗯！这个真的很好吃！”

“我确实是天才！”

“你是天才的话，我也是天才！”

“你们是天才的话，我就是神！”

虽然萱镇和友林总是插进来，但是心情非常畅快的菊黎，并没有吼他们，而是干脆无视他们。

兴奋过度的菊黎，握紧拳头，盯着炒年糕吼叫着：“奶奶！我把营业额给您提高两倍！您期待我的表现吧！噗哈哈哈！”

奶奶无情地忽略掉菊黎狂妄的话，但是转过头之后，奶奶嘴角上露出了满意的笑容。

因为开始比别人晚，很多客人们都去了其他的摊子，菊黎和孩子们看到这些，相当不爽地咬牙切齿。

现在在菊黎摆的摊子上还没有几个客人，但是他们是谁啊，是死都不愿意认输的人呢。

“喂！”

菊黎突然向路过的男孩儿吼道。那个男生皱起眉头，僵直地站在原地，马上认出了菊黎。

“你是不是吃炒年糕来了？坐下，坐下！甄施兰，怪物，干什么呢？有客人来了！”

菊黎半强迫地把那个男孩儿带到桌子前，施兰和海珍走向他，让他坐下，菊黎拿来了那个男孩根本没有点的炒年糕和油炸品，开心地笑着。

“吃吧！这个是一万元的。”

“这、这个我怎么吃得完啊？”

菊黎瞪着眼睛，强行往那个男孩儿的嘴里塞进一块炒年糕，男孩儿勉强塞进去之后，嚼了两下，感叹道：“哇！真好吃！”

“是吧？是吧？马上叫五个以上的朋友来！”

菊黎笑着对那个男孩儿说起莫名其妙的话，那个男孩儿正想拒绝，这时萱镇挡在男孩儿面前。

“你可知道，菊黎要你做的事情不去做的话……会有什么后果？所以少说些废话，赶紧找几个朋友过来，开心地吃炒年糕吧！不是肚子很饿吗，是吧？”

男孩儿听了萱镇的劝告，哐当坐下去，掏出手机疯了似的给朋友打电话。

“哇！你和我是不是初中的同窗啊？”

“在幼儿园的时候你和我是一个班吧？”

“我们是不是在歌厅见过面啊？认识我吧？不认识的话，小心挨打哦？哈哈哈！”

比奶奶还要过分的三个恶童老板菊黎、萱镇、友林。

在这个地方没有不认识菊黎、郑友林、尹萱镇这三个恶童的人。刚开始的时候，大家都是被逼过来的，但是出去的时候都是开心地笑着，付了钱出去的。

太阳已经下山了，天空变得蓝黑。

天气闷热的夏天，一到晚上，就开始吹起了凉凉的风。

像是刚刚经过风暴似的，干完活的孩子们流着汗水躺下了。奶奶看着变成这副模样的孩子们，皱着眉头，吼叫起来："才做了这么一点事情，就躺下了?"

"奶奶，真的很了不起！完全尊敬！"

萱镇呼呼地喘着粗气，仰望着奶奶。奶奶自豪地叹息着，对孩子们笑着。

"今天真是感谢你们，我这个老太太还以为今天做不成生意了，真是全靠你们啊！"

"啊！奶奶说那种话，感觉很奇怪！"

菊黎得意说起这种话。奶奶又皱起眉头，用脚使劲踢向菊黎的屁股。

"这个家伙，表扬你都不行?"

"哈哈，这才像奶奶嘛！"

孩子们大声地笑着，这时奶奶的视线转移到施兰和海珍身上。

"但是，这两个姑娘是谁啊?"

菊黎开心地笑着，得意扬扬地开始给奶奶介绍施兰。

"这个大美女是我的女朋友，那个丑八怪是我女朋友的朋友——怪物！"

"我的名字难道是怪物吗? 叫海珍！"

海珍气呼呼地吼叫着。奶奶咯咯地笑着，看了看施兰，对着菊黎问道："为什么把这个姑娘带过来了?"

"想吃奶奶做的炒年糕，然后约会……"

话都没有说完，菊黎的脸僵住了，身子也变得僵硬。施兰耸着肩膀看着他。约会……只顾着弄炒年糕，忘记约会了啊！

"施兰啊……"

菊黎以非常真挚的口吻叫着施兰的名字，她非常紧张地望着菊黎。

“真是对不起！”

菊黎露出一副哭相，低着头。

孩子们问到底发生了什么事情，正在接受菊黎道歉的施兰也完全不知道是什么原因。

“哼，我要改掉我这个臭脾气，妈的，我把第一次约会给毁了！在炒年糕的店里，让女朋友当服务员，我在一边炒年糕！”

就是这个。

听到菊黎的话的孩子们惊讶地咧着嘴，这时候才明白原因的施兰轻轻地叹了口气。

“这也没办法啊，但还是很特别的约会，没让我觉得太失望。”

施兰温柔地、非常体谅人地说道，这时菊黎感动地抽泣起来。

本来这个时候，应该是女孩子在抽泣的！

“不可以！”

菊黎还在嘟囔着。施兰问道：“什么？”

“不可以！第一次约会不可以过得这么荒谬！”

之前的失落消失得无影无踪，菊黎握起双拳，下定了决心似的，扶起坐在椅子上的施兰。

施兰开始为菊黎的行为紧张起来。

“怎、怎么了？”

“现在开始约会！”

“唔？现在都几点了？”

“那又怎么了？谁说现在不能去约会啊？”

“唔？”

疲劳的表情一瞬间消失，兴奋地“呵呵”笑着的菊黎，对孩子们说道：“你们不要跟过来！这次再跟过来，真的会死的！”

大吼一声之后，菊黎拉着施兰走了出去。

孩子们失神地望着两个人消失在眼前，然后马上笑了出来。

南山。

路灯照耀着山路，菊黎和施兰没有坐观光车。

这对恋人，在发出奇怪声音的路上，尴尬地走着。

两个人一句话都不说，向顶峰爬着。那种尴尬是因为从附近传来的暧昧的对话。

情侣们远离灯光，躲在阴暗的地方，相互表达着自己的爱慕。

“哦，亲爱的……”

“过来！”

“不可以……”

尴尬的菊黎和施兰看都不看一眼对方，只是盯着地面，快速移动着步伐。

菊黎的后背上不断地流下冷汗，施兰的心脏也疯了似的跳动着。

“啊哈哈哈！”

突然施兰发出尴尬的大笑，菊黎像被吓到似的看着她。

施兰想打破尴尬的局面。

菊黎静静地看了她一会儿，马上微笑着抓住施兰的手，施兰用惊讶的表情看着菊黎。

“在这种地方亲吻，不觉得像只狼吗？”

施兰被菊黎的玩笑逗得“扑哧”笑了出来，然后抓紧菊黎的手。

“没剩多少路程了！赶紧离开这个狼窝吧！啊喔喔喔！”

菊黎发出狼的嚎叫声，抓紧施兰的手向前跑。

“哇！真漂亮！”

“真的！”

爬到南山顶峰的施兰和菊黎赞叹着这里的夜景，幸福地笑着。

“在这个地方能不能看见我的家啊？”

菊黎笑看着施兰，她微笑着点头。

“你家那么大，应该能看见，找找看啊！”

“嗯！我们赌一下谁先找着吧！”

“唔？哪有这种事情！”

施兰在旁边反驳着，但是菊黎已经瞪大圆圆的眼睛开始找了。

施兰看着这样的菊黎，也开始认真地找着。

“唔？我找到了！”

施兰被菊黎的声音吓着了。

“这么快？”

“那边，那边，能看见吧？”

“唔？真的啊！你还没有说先开始就找，这个无效！”

“哇！甄施兰现在也会耍赖了？”

“不是耍赖！明明是你先开始找的嘛！”

“谁说不能先找啊？”

“天啊！”

“哈哈哈！因为你输了，所以我赢？”

听了菊黎的提问，施兰撅着嘴，虽然什么话都不说，但是菊黎不介意似的努力地想着怎么惩罚施兰。

“跳舞给我看吧！”

“什么？”

说了这种荒谬的话，脸都不红一下！施兰以莫名奇妙的表情盯着菊黎，但他还在开心地笑着。

“不愿意吗？”

“不愿意！在这里怎么跳舞啊？我疯了吗？”

“那么换一个吧！”

“好的，其他的我什么都答应！”

“往这里亲一个！”

菊黎用手指着自己脸颊说道。施兰看着菊黎的动作，脸红得像猴子屁股。

“唔？不愿意吗？”

菊黎摆出严肃的表情问着施兰。

“在这个地方怎么可以……”

“是不是不喜欢我啊？是不是非常讨厌我？哇，甄施兰果然很讨厌我！看都不想看我一下！哇！哇！哇！我是受到严重伤害的可怜的灵魂啊！呜呜呜呜……”

菊黎开始吼叫着，打破了原本安静的氛围，正在享受着美好时光的情侣们用仇恨的眼光看着菊黎和施兰。

施兰为了让菊黎不再喊下去，勉强用手堵住了他的嘴。

“知道了，知道了，不要喊了！”

甄施兰怎么会怕亲吻呢？

菊黎稍稍低下头，把脸伸到施兰面前，施兰的嘴唇慢慢地靠近菊黎的脸。

吱！

“唔？”

施兰惊讶地用手捂住嘴唇，向后退去。

菊黎以相当满意的表情对施兰笑着。

“你、你不是说是脸吗？”

“啊，对不起！我不小心把脸转过去了。哈哈哈！”

施兰在往菊黎的脸上亲的瞬间，菊黎把头转过来了，所以嘴和嘴对上了，菊黎开心地咯咯地笑着。

施兰这才有点像个女孩子，害羞地低着头。

大家还记得吗？在海英女子高中的运动场上突袭性的接吻。

“这个仅仅是我的失误！我可不是色狼，哈哈哈！”

该怎么办好呢？逐渐掉进菊黎“圈套”的施兰。

第四章　一起去旅游吧！

缩在菊黎的怀里，美美地睡着的施兰，脸上充满着幸福的表情。

睡睡醒醒，醒醒睡睡的菊黎一整晚盯着施兰看。

“好无聊啊！”

第二天。

施兰为了辅导菊黎学习听说，拿了好几本练习册来到了菊黎的房间，这时菊黎说的第一句话就是这个。

还没有翻开书本，就听见菊黎的牢骚声，施兰都无语了。

“今天绝对不可以！”

施兰皱着眉头无情地说道。菊黎根本不介意似的，撅着嘴，耍着赖。

“想出去转转！家里太闷了！”

“去外面会很热的！还有你昨天不是发了誓嘛，以男人的名义！不是说就玩昨天一天，今天开始会好好学习的嘛！”

“嗯……”

“你不是男人吗？是不是太轻易把男人的名义给卖掉了啊？”

施兰大声吼叫着，同时脸上也露出了胜利的笑容，但是菊黎的脸上一点都看不出认输的表情，他只是目不转睛地盯着施兰。

“出去玩吧！嗯？”

“你不是男人吗？”

“我是男人！”

“既然违约了，当然就不是男人了！”

“难道你是玻璃吗？”

“唔？”

施兰被菊黎的话吓得向后退。他非常真挚地问道：“如果我不是男人的话，喜欢你的我是女人，喜欢我的你也是女人，那我们不就是玻璃嘛！”

“你是不是跑题了啊？”

“没有啊！”

施兰听着菊黎无理取闹的话，什么话都说不出来，在某种程度上，她也觉得菊黎的话是对的。

他看着傻傻地盯着自己的施兰，嘴角露出了胜利的微笑。

“我们去外面玩吧！”

“不可以！”

“玩吧！嗯？嗯？嗯？嗯？你是不是不想和我去约会啊？啊！我对甄施兰真失望！”

“怎么话题又转到那边去了？”

施兰看着无理取闹的菊黎无奈地摇着头，但是菊黎依然微笑着盯着施兰。

（我可是真的体会到了海英男子高中最厉害的恶童的厉害了，呜呜……）

施兰叹着气，盯着菊黎，但是菊黎依然微笑着。

（我真的没有办法赢他吗？）

“孩子们，你们好！”

哐当！

为什么大家都不知道敲门呢？

之前是友林、萱镇、海珍，现在又是菊黎的舅舅胜焕（好久没有上场了）。

“唔？你怎么过来了？”

菊黎的表情发生了一百八十度的转变，他紧绷着脸问道。施兰像是看到救兵似的开心地笑着，走到胜焕面前。

“老师帮我教训一下菊黎吧！跟我约好要和我好好学英语听说的，现在不守约定！”

再说他也是老师，应该很希望菊黎好好学习的，从这方面看，胜焕应该表示赞同，所以施兰才会向胜焕告状。

“玩几天有什么关系？”

“关键不是几天的问题，不可以，要学习！你再这样会输给海珍的！”

“玩几天有什么关系～”

“唔？”

不是菊黎的声音，而是胜焕发出的赞同菊黎的声音传到施兰的耳朵里，施兰以荒唐至极的眼神盯着胜焕。

胜焕微笑着递给施兰和菊黎一人一张飞机票。

“是后天的机票，要不要去××玩啊？”

听了胜焕的话，施兰和菊黎都傻傻地盯着他看。

“××？”

“好啊！”

施兰惊讶地问着，但菊黎像是遇到水的鱼儿似的，手舞足蹈着。

“嗯，这是姐夫寄过来的，每年这个时候都会寄过来！”

听到他的话的菊黎，突然，紧绷着脸，皱着眉头，把头猛地转了过去。

“我不去××。”

“因为我有事情，所以不能去。即使去了姐姐和姐夫又不在，所以没关系，去吧！”

虽然胜焕仍旧微笑着在说，但是菊黎依然很不满意似的皱着眉头，动都不动一下。

“施兰去过××吗？”

“没有，听说那里很漂亮，什么时候我想去一下。”

“我要去！”

施兰刚刚说完，菊黎就在旁边叫喊着说要去。胜焕看着他那样子，扬起了左嘴角。

虽然菊黎对施兰蛮不讲理，耍性子，但同时也没有人能像施兰那样那么轻易地动摇他的心。

菊黎和施兰决定不坐专用飞机，拿着胜焕给的飞机票旅游。

虽然专用飞机很舒服，但是会给施兰带来很大的心理负担。

虽然住在宫殿般大的房子里，用钱也不会乱用，但是在这方面，很明显地可以看出菊黎是富家子弟。施兰想他会变成这样的恶童，主要原因应该就是生活在这种让人羡慕的环境里。

但这可怎么办是好呢？她已经喜欢上这个蛮不讲理的家伙了。

“唔？这是特等舱啊？真窄啊。”

菊黎嘟囔着坐下，然后看着施兰。

之前家境算很不错的施兰还是第一次坐特等舱，所以非常好奇地环视着周围，但是菊黎却很不满意。

飞机安全地升上天空之后，菊黎看着施兰微笑着。

“去了××之后，我们两个人要玩得开心哦！”

施兰看着开心地笑着的菊黎，也跟着笑了起来。

“怎么会是两个人呢？”

“是我们五个人！”

瞬间，菊黎和施兰的脸都僵住了。

绝对、绝对、绝对不想听到的声音！

施兰和菊黎使劲地摇着头，勉强地笑了出来。

“我第一次坐飞机，是不是产生幻听了？”

“啊哈哈，但是我又不是第一次坐飞机，怎么也会有幻听呢？”

“这可不是幻听哦！”

在施兰和菊黎面前出现了萱镇的脸蛋，两个人吓得互相抓着对方，向后靠过去。

“真卑鄙，打算就两个人出去玩吗？”

紧接着友林也将脸蛋伸到施兰和菊黎面前。

“干什么把我也带来啊？”

他们还看到满脸都写着“不满”两个字的海珍。

施兰和菊黎惊讶地咧着嘴，看着这三个人。

这些人怎么、怎么会在去××的飞机上，并且还和他们在同一个舱里。

“你、你们什么时候开始在这个地方的？”

菊黎对他们吼叫着，萱镇却微笑着说道：“嘿嘿，当然是一直藏着来的，你如果在起飞之前知道我们都在这儿，肯定就不让我们跟过来了，是吧，友林？”

“这都是我想出来的办法哦！”

友林得意扬扬地笑着。

菊黎的拳头开始发抖，他从座位上站起来，眼看就要爆发。

“赶紧给我下去！”

“给你！”

在菊黎动手之前，友林将一张白色的纸条递给菊黎，菊黎看着皱起了眉头。

“菊黎啊，旅行要大家一起去才会开心，你不觉得吗？还有你和施兰都未成年，只有两个人去太危险了，为了保护施兰不被色狼（就是你）欺负，才叫了你们的朋友，希望你和朋友们一起玩得开心！在假期结束之前，我会一直呆在澳洲，以后想联系我都没有用哦，那么再见，哈哈哈哈哈！”

用手把纸条撕得粉碎的菊黎，狠狠地盯着孩子们。

他们像是在取笑他似的，嘻嘻地笑着。菊黎浑身发抖，咬牙切齿的吼叫着：“啊！啊！这个坏家伙！你死定了！”

这还嫌不够，他还把撕掉的纸塞进嘴里嚼着。

施兰呆呆地看着菊黎的一举一动，海珍坐在旁边，开始背诵起单词来，施兰难堪地把头低了下去。

“喔哇哇啦吱……”

嘴里塞满纸，不知在说什么的菊黎。

孩子们听不懂他在说什么，只能把头转过去不去理会。这时菊黎把嚼着的纸吐掉，吼叫起来：“你们给我马上下去！”

“唔？在这个地方怎么下啊？”

“降落伞，不是有降落伞吗？下去，赶紧给我下去！”

“唔？你是不是太过分了啊！”

菊黎的蛮不讲理又开始了。

友林和萱镇无奈地摇着头，但菊黎决不放弃似的走到空姐面前吼叫道：“大妈，给他们拿降落伞！”

竟然叫这么漂亮的空姐“大妈”？

虽然空姐的表情有些僵住了，但是充满奉献和牺牲精神的空姐依旧微笑着对菊黎细心地说明。

“降落伞只限在飞机发生危险的时候用，因为现在……”

“叫你给我就给我嘛，话真多，我自己找！”

“唔？客、客人！”

菊黎为了找降落伞，四处乱翻着，空姐摆出焦急的表情，阻止着菊黎。

“找到了！”

乘客们以既无奈又恼火的表情盯着他们，但这些孩子是绝对不会因为这些视线停止下来的。

菊黎拿来三把降落伞塞给友林、萱镇还有正在背诵单词的海珍。

“跳下去！”

“我们才不会跳下去呢，哈哈哈！”

“你们这些家伙，真的想死吗？”

菊黎吼叫着，强行给他们穿上了降落伞，但是他们只是嘻嘻笑着，一动不动。

“你们真的不跳？那我和施兰两个人跳下去了！”

蛮干！蛮干！世上还有比这个人还要蛮干的人吗？

菊黎抢过好不容易给他们穿上去的降落伞，扔给施兰，自己也迅速地穿上了。

“甄施兰，我们跳下去吧！”

“唔？在这个地方怎么跳下去啊？”

“真的不跳下去吗？打算和这帮家伙去××吗？”

“一起去有什么关系！”

“有什么关系？当然有关系！还不如从这里跳下去。”

“那你一个人跳下去吧！”

施兰皱着眉头，把手上的降落伞扔掉，菊黎用一种受伤的眼神看着她。

施兰看着他的表情，虽然有些不忍心，但还是无情地将头转了过去。

“我不会跳下去的！”

菊黎听了施兰直截了当的话，露出了哭相，然后撅着嘴，把身上的降落伞脱掉了。

乘客们、空姐、孩子们也都认为菊黎的蛮干结束了。

“我会直接跳下去！甄施兰不要我了！”

突然菊黎大步走向飞机舱门想要开门，孩子们吓得直劝菊黎。施兰摆出头痛不已的表情，向他吼叫着：“韩菊黎，你是不是疯了?!”

“我确实疯了！”

“不要！”

“那和我穿上降落伞再跳吧！”

“哪有像你那么蛮干的?”

“这里有！”

“韩菊黎！”

“干什么?”

不服输的两个人互不让步地吼叫着。友林和萱镇在旁边开心地捧腹大笑。

表情尴尬的空姐们，还有相当不满的乘客。

静静地看着单词的海珍，突然皱起眉头，摆出哭相，从座位上站起来，向乘客们低着头。

“对不起，孩子们还不懂事……对不起，真的对不起……”

在他们经过的每一个地方，都不断地有事故发生。

每当这时候，最辛苦的就是海珍。

到了目的地的机场之后，来了辆私家车，把他们接走了。

在飞机里吵闹了半天，以为大家都疲倦了，但是当看到绿树和橘红色的朝霞的时候，大家的兴奋劲儿又上来了。

坐在汽车里，扫过外面画一般的景色的时候，施兰的眼睛里充满了好奇。

“请进！”

长相是外国人，但说的却是韩语的营业员迎接孩子们。

孩子们被非常欢迎他们的服务员的态度吓着了。菊黎跑到像是主管的男子面前，不知道在说些什么。

那个男子也是外国人，虽然听不清楚韩语说得怎么样，但是从他们对话的样子来看，应该也不会差。

说完了话，菊黎摆出尴尬的表情走到孩子们面前。

“怎么了？”

萱镇歪着头问着。菊黎叹着气说道：“他们说只有两个房间。”

“唔？这么大的宾馆里？”

萱镇不相信似的吼叫着，菊黎表现得很难堪，点着头。

“老师竟然没有给我们预订房间就叫我们过来了啊？”

海珍叹着气问大家，大家只是耸耸肩膀。

菊黎把施兰拉到自己身边，以非常无奈的眼神凝视着大家。

“那就没办法了，海珍、友林、萱镇用一个房间，我和施兰用一个房间。”

“是啊，是……不应该是这样！为什么要这样？”

施兰猛地甩开菊黎的胳膊，菊黎却用更惊讶的口吻吼叫着。

“那么你要和怪物用一个房间吗？”

“当然了！”

“不可以。”

又开始蛮不讲理的菊黎。

“怎么不可以？”

“你和怪物睡在一个房间，你也会变成怪物的！”

“韩菊黎，你是不是真的想死啊！”

菊黎无缘无故提及安静地等待着的海珍，海珍气得通红着脸开始吼他。菊黎在施兰把头转过去的时候，对海珍笑着，向她求饶，海珍瞪了他一眼。

“不管怎样，我和施兰用一个房间！”

菊黎微笑着，想拉着施兰的手走，但是施兰的双腿像是定住了，她严肃地看着他。

“我为什么要和你用一个房间啊？”

“因为你是我的！”

“哪有那种说法？”

“不要总是顶撞我，你就是我的，谁都别想抢走！”

施兰无奈地看着嘻嘻地笑着蛮不讲理的菊黎。

菊黎拉着施兰，正准备上电梯，友林和萱镇瞪着圆圆的眼睛看着海珍。

“韩菊黎，真卑鄙！把怪物留给我们！”

“怪物又不是女的！哈哈哈！”

“你们是不是都想挨打啊！”

海珍咬牙切齿地扑向友林和萱镇，这两个人吓得跑得比谁都快。

“哇！怪物终于发火了！”

“指不定会把我们的国家都吞掉哦！”

“在吞掉我们的国家之前，把你们先吃掉！把你们撕成一块一块再吃！”

承认自己是怪物后，海珍开始追着两个人跑。

幸亏有两张床。

更幸亏这家宾馆与别的宾馆有些不同，房间的结构很独特，中间还有很大的大厅。

施兰对房间里高级的家具和有品位的摆设赞叹不已。

“老师是不是给我们订的房间太好了，所以就只订了两个房间啊？”

施兰一边看着周围的环境，一边问着菊黎，但菊黎只是微笑着，什么话也没有说。

“我睡那边，你就睡这个地方吧！”

施兰指指右边的床，再指指左边的床。

看着她的动作一点反应都没有的菊黎，静静地凝视着施兰。

他奇怪的表现让施兰开始不安起来，偷偷地向后退去。

“你的表情怎么了？”

“怎么了？”

菊黎的声音突然变得很温柔，他向施兰迈了一步，施兰又退了一步，他又向前迈了一步。

“你想干什么？你想干什么？”

施兰不知道在这种情况下该怎么办才好，大声叫着。菊黎温柔地看着她，好像在诱惑她。

“我、我们现在只有十八岁，交往的时间还没有多久，还有、还有那个……”

“那些都没什么关系，只要相爱就可以了。”

“我、我介意啊！”

施兰不安地做着小动作，菊黎一点都不在乎似的继续向施兰靠近。

哐！

施兰的后背贴到了墙上，现在她变成了瓮中之鳖。

菊黎不断地靠近，她的身子逐渐变得僵硬。

（韩菊黎，不可以，交往的时间才几天啊，而且我们还这么小！）

施兰不安地颤抖着，菊黎的视线逐渐向下移动。

他的视线停留在她的嘴上，菊黎的脸逐渐靠向施兰。

（韩菊黎，不可以！现在还是白天呢！还有门都没有锁！有人进来了怎么办？！啊！甄施兰！你现在在想什么呢？！理智、理智点啊！但是……韩菊黎可能会吃了我的……呜呜！）

已经失去理智的施兰。

“你现在在想什么呢？”

菊黎的嘴唇慢慢靠近的地方不是施兰的嘴唇，而是耳朵，施兰听了菊黎的提问惊讶地睁开了眼睛。

“什么我们还小，我们交往的时间没多久啊？”

菊黎的左嘴角向上扬起，施兰傻傻地眨着眼睛。

“就、就是，我们还……就是……不能过……那个线……”

“线？因为我们还小，交往的时间也没多久，所以游泳去吧，叫你过去换上游泳衣，不可以吗？这就是线吗？”

向上扬起的菊黎的嘴角变成更深的微笑，施兰的脸变得更红，为了掩饰自己的害羞，她吼叫起来：“韩——菊——黎！”

“唔？”

“你是不是真的想死啊！”

施兰甩开菊黎的胳膊，像是在看仇人似的狠狠地盯着他。菊黎看着这样的施兰，捧腹大笑着。

“哈哈哈！我怎么了？我做错什么事情了吗？哈哈哈！哇！我的肚子啊！哈哈哈！”

“马上给我出去！”

“我们还小？哈哈哈！对于能够穿上游泳衣的年龄来说，我们还小吗？嗯？”

“我叫你出去！”

菊黎听着近似尖叫的叫喊声，笑得干脆躺了下去。

“哈哈哈，把我看成什么了？哈哈哈！”

“出去，出去，我叫你出去！”

“我们还小哦！呵呵！不可以这样！”

菊黎模仿着施兰的声音，咯咯地笑着。施兰愤怒到了极点，转着头找着什么东西。

砰！

沙发垫正好打中菊黎的头。

菊黎皱着眉头，摸着头，从座位上站起来盯着施兰。

“你出不出去？”

砰！

沙发垫子连续飞向菊黎，但他用手把它们全部挡掉了。

他的脸上是一副耍人的表情。

“呃！”

施兰突然发出奇怪的声音，菊黎转过头过来，脸色变得青紫。

“是不是想真的打一场啊！”

真不知道她是怎么想的，竟然使出全身的力气抬起比自己还高的瓷器。

菊黎被施兰的气势吓得尴尬地笑着。

“施兰啊！你要镇定啊！小心受伤啊！嗯？嗯？那么一会儿再见！”

菊黎慢慢稳定住施兰，正要走出房间时又突然回头。

“噗哈哈哈！我们还小啊！”

“韩菊黎！”

韩菊黎，他是谁啊，分明会以“我们还小”来逗弄施兰一辈子的。

友林和萱镇已经在海边等着他们了。

是菊黎换衣服慢呢，还是有什么事情呢？真是想不通。两个男孩躺在沙滩上，望着蓝色的大海。

“空气也好！”

“水也好！”

萱镇和友林相当愉快地望着大海说，然后对视了一下，流出了口水。

“女人也好哈！”

真不知道拿那些流出的口水怎么办才好。

也许是因为国外旅行的关系吧，即使不是故意看超短裙，但是到处都是。

“你们这些王八蛋！你们是变态啊？”

菊黎很直截了当地说道，走向流着口水的友林和萱镇。

听了他的话，两个孩子急忙把口水擦掉，但是视线又马上转到女孩子们身上。

“这是什么地方啊！”

"就是，白来了！垃圾！"

他们嘴里一直说着自己的不满，并且开始说脏话，但是无法隐藏流出的口水、通红的脸、咧着嘴傻笑的模样。

"你们这两个疯子！怎么这么挑剔？"

主人公，果然是我们的男主人公。

和别的男孩子不同，不会一看到女孩子就随随便便地流口水。

"你们好！"

从什么地方传来妖艳女子的声音。

他们旁边站着一个绿眼睛、金发的漂亮小姐，她穿着差不多全露的游泳衣，微笑地看着他们三个人。

"嘿嘿！你好！"

"你好！"

"真开心见到你！"

我们的主人公去了什么地方？和别的男孩子不同的我们的男主人公去了什么地方啊！

菊黎跟其他两个男孩一样，咧着嘴，流着口水。

"你们是三个人，我们也是三个人，你觉得怎么样啊？要不要一起玩啊？"

不知道这三个人是怎么听懂她们的话的，三个人眼里发出光芒，对视着。

真想马上和这三个美女跳进水里，跑着、追着玩，这种想法在他们心中萌发，但他们还算有良心。

孩子们的脑海里同时浮现出施兰和海珍的样子。如果不浮现出来，那他们就是烂掉的标本，特别是这个该死的菊黎不仅是烂掉的标本，更是发了霉的烂东西。

表现得很难堪的孩子们，从那三个美女身上转移视线，看向别的地方，突然这时有两个非常纤瘦的女子的身影撞进他们的眼帘，使得他们的眼睛痛起来。

如果是在韩国，她们那身材是可以让大家吓一跳的妖艳的身姿，但是这里的女人却都是丰满的、性感的，相比之下，她们的身材就很一般了。三个男人同时皱起了眉头。

那两个纤瘦的女孩好像正走向菊黎他们的方向。

“真是够瘦的！”

“如果我是神，真想把她们变得性感些啊！”

“啊！弄瞎我的眼睛了！”

“什么？”

孩子们被纤瘦身材的主人的声音吓得看向她们。

“甄、甄施兰！哈哈！”

“唔？怪、怪物！”

这可真是既不可思议又荒唐的场面啊！

纤瘦身材的主人正是海珍和施兰，三个男生既尴尬又不安地向后退着。

虽然她们的身材不逊色于其他人，但这有什么办法呢？只怪东洋女人的身材不够凹凸。

“你们是谁？这几个男生已经答应和我们玩了。”

金发女子看着施兰和海珍说道。

多么希望施兰和海珍千万、千万不要听得懂这个金发女人的话，但是，她们是谁啊！她们可是在大韩民国的同龄人当中数一数二的人啊！

“什么？答应和你们玩？”

施兰用锐利的眼神盯着金发女子问道。金发女子对施兰流利的英语感到有些意外，但马上接着说道：“是啊，他们答应和我们玩了，是吧？”

金发女子向菊黎和友林、萱镇问道。施兰和海珍皱着眉头等着这三个人的回话。

友林、萱镇和菊黎对望了几秒钟，马上笑着挥动着手。

“No，No！”

“我、我、我们什么时候说过?！”

“No！No！下次这个时间再见！拜拜！”

三个男孩儿疯了似的逃跑，海珍和施兰的脸上充满了邪恶的表情，像某个人似的左嘴角向上扬起来了。

“你们……今天死定了！”

“把你们剁成碎片！”

两个女孩儿疯了似的在沙滩上追着三个男孩儿，三个男孩儿慌张地流着汗水，拼命地跑着。

在酒店优雅的餐厅里饱饱地吃了一顿之后，他们在施兰和菊黎的房间里举办烧酒 party！

不知道烧酒是从什么地方拿过来的，桌子上放着十来瓶烧酒，大家疯了似的喝着。

“呀！真好！”

萱镇品着嘴里的酒，觉得很幸福，施兰和海珍感觉到浑身在发烫，并皱起了眉头。

“喝！喝！”

“你这个让我心情舒畅的东西，珍露啊，我是真的越来越喜欢你了！哈哈！”

(注：这里的珍露是韩国烧酒的一种。)

好像酒劲儿上来了，孩子们的脸色变得通红，互相敬着酒。

海珍和施兰因为只喝了一两杯，所以看着这几个人开始为他们担心起来。

“相对于女人来说，你是不是更喜欢酒啊?”

听了友林的话，菊黎又开始得意忘形起来。

友林皱着眉头看着菊黎，菊黎得意扬扬地大笑着说：“我是更喜欢施兰。哈哈哈！你是不是没有这样的女人啊？没有吧?”

“没有。喂，这次甄施兰又当选为学生会主席了，给我们搞个联谊吧！好不好，联谊？”

友林非常生气地对施兰叫喊着，施兰被吓了一跳。菊黎猛地拦在施兰面前吼着：“你这个家伙，竟然在嫂子面前大吼大叫，想找死啊？”

“嫂子？如果想当嫂子，就给我介绍个女的！”

“对，对！”

萱镇嚼着不知是捡来的还是带过来的烤鱿鱼，表示赞同。

“如果想让人介绍，就应该表现得好些！还在那儿耍酒疯呢！”

听了菊黎的这句话，之前还叫喊着的友林和萱镇都闭上了嘴。

在这种令人不知所措的情况下，友林和萱镇的可恶眼神转到了海珍身上。

“喂，怪物，你是不是也孤独啊？对我们好的话……”

“可以给你介绍相当帅的男生哦！”

“不用了。”

海珍斩钉截铁地拒绝了他们两人，把头转了过去。

“你怎么这么冷酷无情啊？对了，之前你不是喜欢上一个非常奇怪的男孩子嘛，难道？现在还没有忘记他？”

“啊，怎么可以？还想着那种家伙，还不能忘记吗？”

海珍被友林和萱镇问得不知所措，全然不知这个事情的菊黎和施兰惊讶地看着海珍。

“海珍，你真的有喜欢的人吗？”

施兰惊讶地问着，但海珍尴尬地笑着摇头。

“什、什么，他们在说胡话呢！”

“我们说的不是胡话！怪物，你太过分了，跟他比起来，我们哪个地方比不上他，是不是？”

“对啊！对啊！”

菊黎正嚼着烤鱿鱼，紧贴在友林身边，接着友林的话说：“怪物，你原来也有喜欢的人啊？谁啊？我们真的很好奇！谁啊？回到韩国，让我们看一下他是谁。”

（你，就是你！）

听了菊黎的话，海珍皱起了眉头。

友林和萱镇怪异地笑着，看着菊黎，但施兰和菊黎却没有反应过来。

“怪物，不要无视我们，我们可知道你的所有事情。”

“是啊，哈哈哈！”

“喂，不要光你们自己知道，告诉我们，真的很好奇！”

菊黎看着友林和萱镇吼叫着。这时友林脑子里灵光一闪，他把头转到萱镇耳边，低声说着什么。

不知友林对萱镇说了什么事情，萱镇相当满意似的，笑得像朵花。

“如果给我们介绍女朋友，我们就告诉你们海珍的秘密。”

“喂，你们是不是想找死啊？”

“真的？真的？”

海珍被吓得从座位上跳起来，大声吼叫着，但是菊黎却不在乎这些似的，兴致勃勃地笑着。

“甄施兰！你是不是也不知道海珍喜欢的人是谁啊？协助一下吧！嗯？联谊是条件！好不好？”

菊黎以充满期待的表情对施兰说道。施兰微笑着，看了看慌张的海珍。

这些问题儿童闹得海珍都快要急哭了。

“虽然我也不知道是谁，但既然海珍不想说这件事，那我也不干了，你们也不要威胁她了。”

施兰直截了当的话使得这三个人傻傻地看着她。

但是这是暂时的，将会发生的是，了不得的反抗……

“哇啊！哇啊！甄施兰你怎么可以这样！我越来越好奇了！”

“甄施兰你以为你是谁啊，竟然阻挡我们搞联谊！”

“我也、我也想恋爱！我也想卿卿我我！”

孩子们在反抗，但是施兰一旦下了决心就绝对不会改变。海珍这才放下心来。

紧接着友林和萱镇像是决定了什么事情似的开始吼叫着。

“既然是这样，我们就都说出来了！”

“对，我们就那么办吧！”

友林和萱镇表情很坚决地看着施兰、海珍和菊黎。

海珍的表情变得很难看，正想从座位上站起来，离开这个地方的瞬间。

“其实，怪物喜欢我！”

“但是友林把她砰地踹掉了！嘿嘿，可怜的怪物！”

附和着友林的话，萱镇在旁边添油加醋。

正要逃跑的海珍，想掩护海珍的施兰，想知道事情真相的菊黎都用傻傻的眼神看着这两个人。

但是这傻傻的表情没有维持多久，三个人的脸上就出现了讽刺的笑容。

“你们疯了！”

“你们以为海珍的眼光那么低吗？”

听了他们的话，萱镇和友林抽泣着，以同样的姿势坐倒在地上。

“我也想有个女朋友！”

“为什么这么不懂我们的心啊！”

看到两个人的模样，海珍这才真的放心了。

友林和萱镇很清楚地知道自己喜欢的人是谁，但是没有说出来。

海珍虽然被两个人的玩笑吓出了一把冷汗，但是还是很感谢守住秘密的两个人。

“好的，我来为你们准备联谊，开学之后，好不好？”

听了海珍的话，友林和萱镇不敢相信似的，以惊讶的表情看着海珍。菊黎轻轻拍着海珍的肩膀说道：“怪物，你今天怎么了？这么好心？”

“多管闲事！”

“怪物！不、不是，海珍啊！”

“我们可爱的海珍！”

友林和萱镇从座位上跳起来，在海珍周围转着，疯了似的跳着舞，不知道怎样表达心里的喜悦。

“好啊，我也可以摆脱单身了！”

“你我都可以摆脱单身了！好啊！”

现场作词、作曲郑友林、尹萱镇，歌名“摆脱单身”。

唱着刚做的歌，两人在海珍的两边跳着。

虽然可以想象得到他们的孤独，但是也许是因为喝了酒的原因，表现得更加夸张，这使得施兰和海珍大吃一惊。

“喂，尹萱镇、郑友林你们快点给我说出来！”

“韩菊黎，不要再吼了，小心我们被赶出去！”

“为什么要被赶出去？这可是韩氏家族拥有的酒店！还有，这一层都没有人，所以不会有人嫌吵的！”

听了菊黎的话，施兰的脸逐渐紧绷起来。

菊黎由于过于兴奋地想知道海珍喜欢的人，一不小心把其他事说了出来。

“你不是说……只有一个房间吗？”

施兰咬牙切齿地盯着菊黎，他只是尴尬地笑着。

知道将要发生什么事情的萱镇和友林坐到海珍旁边，兴致勃勃地看着菊黎和施兰。

“甄、甄施兰，不、不要太兴奋……哈哈哈哈！”

菊黎挠着头尴尬地笑着，但是施兰扬起嘴角，死死地盯着菊黎。

“你真能骗人啊！”

“啊哈哈！我不是故意的，就是……啊哈哈哈！”

“韩菊黎！”

“对不起！我犯了死罪！”

菊黎趴在地上，低着头，小心翼翼地看着施兰的眼色。

真不知道该怎样阻止将要爆发的施兰。

施兰皱着眉头，也许是因为口渴了，拿起我们珍露小姐的脖子，咕噜咕噜喝起来。

“嗝！真是可口啊！我现在才知道，大家为什么都喜欢喝这个东西了！”

大家都不安地看着施兰突然发酒疯……但为时已晚。

“啊，啊，放开我，你们这些家伙！”

在只有两间房间住着人的五楼，菊黎的尖叫声回荡着。五楼的服务员们以惊讶的表情看着其中一个房间。

“听说有会长的儿子。”

就这一句话，大家都低下了头，什么话也没有说。

“干什么把我的酒抢过去？你们算是什么东西。”

这里的混乱程度已经超过了猪圈，像是工地现场，不，像是为了新建而进行拆迁的现场。

烧酒瓶子到处都是，食物渣子到处可见。

友林、萱镇和海珍以既不安又恐惧的眼神看着房间正中央的像大猩猩的施兰和被她玩弄于手掌之上的美女，不、不是美女，而是美男。

“施兰，打起精神啊！”

菊黎一把鼻涕、一把眼泪，慌张地拿着烧酒瓶逃跑着。

“你给我站住，被抓住的话，你就死定了！”

为了抢回烧酒瓶，摇摇晃晃地追着美男的我们的大猩猩——施兰。

“施兰啊！你喝得太多了！不可以，不可以啊！”

“过来，趁我还好说话的时候赶紧给我拿过来！”

施兰疯了似的跑着，菊黎摆出可怜的表情躲着她。

我们可怜的菊黎。

但有什么办法，让施兰喝了酒变成这样的罪魁祸首就是韩菊黎。

“韩菊黎！不站在那儿的话，我就把烧酒瓶扔过去了！”

施兰拿起空烧酒瓶，向着菊黎摇晃着，她的目光发亮。

菊黎决心一定要抗争到底，无论如何一定要守住这一瓶酒，防止施兰暴走。

“有什么，躲开就可以了！”

“好啊，就试试看吧！”

施兰的嘴角真的很邪恶地向上扬起，那一瞬间，菊黎的后背上冒出了无数滴冷汗。

“哈哈哈，接住！韩菊黎！”

“啊！”

砰！

“接住！”

砰！

认真躲避着烧酒瓶的菊黎和认真扔着烧酒瓶的施兰，还有为了保住自己的性命认真闪躲着的友林、萱镇和海珍。

难道有那么冤枉，有那么气愤吗？

也是，现在想起来，确实菊黎对施兰做了不少可恶至极的事情。

在有契约的时候，在打扫干净的地板上洒下饼干，并踩了一地……交往之后，以蛮横不讲理来欺负施兰……还有今天，用可恶的谎话来欺骗施兰……

在这期间，施兰真的过得很狼狈。

“把……酒……给我！”

“施兰啊，求你了，清醒点好不好！呜呜！”

友林看着你逃我追的一对男女，浑身颤抖了一下，小心翼翼地开口：“怎么总觉得，施兰越来越像菊黎了！”

“不是越来越像，而是已经超越了！”

萱镇怕得抽泣着。但海珍却不赞同他们的话，摇着头，真挚地说道：“既不是越来越像韩菊黎，也不是超越了韩菊黎，而是这本来就是施兰的本性，只是她一直忍着罢了！”

海珍说完这话，萱镇和友林以惊讶的表情看着海珍，然后把头转到一直被追赶的菊黎身上，并在心里下了决心。

(以后，绝对、绝对不会去惹甄施兰!)

(以后就追随甄施兰了!)

在逃跑和追赶的决斗中的胜者是韩菊黎。虽然说韩菊黎是胜者有些说不过去，但是事实如此，原因很简单，因为施兰在追赶菊黎的时候突然倒地睡着了。

刚开始施兰倒下去的时候，菊黎和其他孩子们以为她晕厥过去了，跑过来叫喊着施兰，但没过几秒钟，她就开始打起呼噜，这使得大家很没有语言。

菊黎把睡过去的施兰放在比较近的床上，然后有气无力地瘫坐在地上，一直在旁边看着好戏的孩子们还算是有点良心，把房间收拾干净之后回了自己的房间。

缩在菊黎的怀里，美美地睡着的施兰，脸上满是幸福的表情。

睡睡醒醒、醒醒睡睡的菊黎一整晚盯着施兰看。

第五章　绝对不会抛下你

“你之前不是说过，即使想丢掉，但已无法丢掉；即使不想爱你，但也只能爱着！我也是，即使你怎么喊着、吼着叫我离开，但我也没办法离开；即使你叫我不要再理你，但在我看到你，知道你，爱你的基础上，我死了都不会离开你！”

第二天早晨。

清晨的阳光照耀在床上。

菊黎依然目不转睛地凝视着他所爱的女人。

难道感受到他的视线了吗？施兰慢慢地睁开眼睛，凝视了一会儿菊黎。

“睡得好吗？”

菊黎微笑着问她，点着头的施兰突然看看周围，然后……

“啊！”

施兰使出浑身的力气尖叫着。菊黎的耳朵差点被震聋了，他皱着眉头，喘着粗气。

“你，怎么会在这儿！你这个变态！对我做了些什么事情！给我走开！走开！”

施兰用拳头打着菊黎，这还嫌不够，她又拿起枕头，使劲地打着菊黎的脸蛋。

“等、等一下，甄施兰！喂，喂！唔！”

不等菊黎说完，枕头已经打到菊黎脸上，菊黎挣扎着从床上站起来，然后再坐下，抓住施兰的手。

“别装了！”

菊黎吼叫着，施兰皱着眉头，还不解气似的狠狠地盯着菊黎。

“装？什么装？你对我做了些什么事情！给我灌了多少酒？”

“天啊！”

菊黎被施兰荒唐的问话搞得浑身都没了力气。

是谁为了要得到酒搞得天翻地覆，是谁为了阻止她的横行霸道用身子去保护了剩下的那瓶酒啊！

菊黎冤枉得都快流出泪水了。

“你的表情怎么那样啊？摆出那种表情的人应该是我！啊，你这个变态的家伙！”

“你，真的不记得昨天发生的事情吗？”

菊黎轻叹着气，问施兰。施兰只是眨着眼睛，以全然不知道的表情静静地凝视着菊黎，但是马上又对他吼叫起来：“你对我这个什么都不记得的人到底做了什么事情？该死的家伙啊！”

冤枉死了！冤枉死了！我的菊黎君！

昨天受了那么多的苦，竟然还被说成是变态的家伙、该死的家伙。

“你说是我灌你喝的酒？我？”

“不是那样的话，我怎么会一点都不记得昨天发生的事情啊？”

“啊，我都快疯掉了，真是的！怎么会把人推到这种绝境啊！”

“难道不是吗？”

“不是！”

“说、说谎！是不是趁我记不起来，对我说谎啊？”

“要不要把孩子们叫过来？让他们来告诉你，你昨天是多么可怕的大猩猩！”

“大、大猩猩？”

施兰结结巴巴地问他。刚刚才有些恢复神智的菊黎，努力压抑着自己的怒火。

（这可是甄施兰啊！韩菊黎要忍住！这是甄施兰，是甄施兰！你是好孩子，绝对、绝对不可以像对待别的人那样对待她，不可以，这是甄施兰！）

认真地给自己洗脑之后，菊黎露出温和的表情，开始给施兰解释。

昨晚，施兰知道菊黎包了整层楼的瞬间，疯了似的拿起酒瓶往嘴里灌着，喝完一瓶之后，大概消停了十分钟，然后又疯了似的拿起酒瓶往嘴里灌，喝完三瓶的时候，已经失去理智的施兰开始向大家敬酒。之后往劝酒的菊黎扔酒瓶、扔周围所有能扔的东西，最后还说再不给酒的话就跳楼，然后就突然睡着了。

把所有的故事都听完之后，施兰以非常抱歉的眼神盯着菊黎。

“对不起，对不起，菊黎！”

“知道就好，天啊，你下次再也不要喝酒了！”

菊黎露出无力的表情，轻叹着气。静静地看着菊黎的施兰，摆出怀疑的样子对菊黎说道：“但是……这是真的吗？即使你向我扑过来了，我也不会生气的，说实话吧！”

“甄施兰，你是不是真的想找死啊！”

“对不起！对不起！”

施兰低着头，尴尬地笑着，吐了吐舌头，抬头凝视着菊黎。

菊黎看着她的表情，只能轻轻地叹口气，笑着。

坐在床上，两个人静静地对视着。

“胃还好吧？”

菊黎温柔地问着，施兰通红着脸，点着头。

菊黎用自己的双手抚摸着施兰的脸，静静地凝视着她。

哐当！

这时房门突然被推开，菊黎和施兰吓得看向门口。

“韩菊黎！”

被像是天塌下来一样的声音震到，施兰吓得瞪大了眼睛，菊黎的表情突然变得冷酷无情。

白白的头发，紧紧抿着的嘴。

与菊黎长得一点都不一样……但是从他看着菊黎的眼神中，从菊黎看着他的眼神中可以看出他们是什么样的关系。

“爸爸。”

“你现在在做什么呢？”

施兰吓得从床上站起来，正要出去，但菊黎抓紧了她的手。

“难道我们做错什么事情了吗？”

虽然菊黎的话一点都没有错，但不管怎么样，竟然在××看到了男朋友的父亲，而且是在酒店里的同一张床上。

虽然施兰和菊黎都没做见不得人的事情，但是这种情况谁看了都会误会的。

“你就是甄施兰吗？”

爸爸的视线转向施兰，施兰露出慌张的神情点着头，并用只有蚂蚁才能听见的声音回答道：“是……”

“不知道你是否知道，你父亲和我是很好的朋友。”

“从爸爸那里听说过。”

“我所知道的甄施兰是个既伶俐又知事理的孩子，但今天看起来，是我错了。”

“唔？”

“男女共处一室，而且在一张床上，你们到底在干什么？”

“是误、误会！”

施兰露出惊讶的神情，向菊黎的父亲叫喊着。但他一点也不信。

施兰慌张地继续向菊黎的父亲否认着。菊黎却一句话都不说，凝视着他。

“菊黎，解释一下吧！”

“你说几千次都没用，那个人只相信自己看到的东西，只相信自己想的东西。”

施兰对“那个人”这样的称呼皱起了眉头，但是他和他父亲似乎习以为常。

“虽然我对我的儿子没什么可失望的，更没有什么可希望的，但是，甄施兰，我一直很羡慕你的父亲有你这样的女儿，可惜，经过今天的事情之后，我开始失望了。”

“真的是误会。”

施兰慌张地吼叫着。

这时菊黎父亲旁边的人拿了一张纸，走到施兰和菊黎面前，并给两个人看。

看到这个东西的两个人突然呆住了。

“这、这个？”

过于惊慌失措的施兰已无话可说。

那个男子给施兰和菊黎看的东西正是之前贴在学校里的奴隶契约书和关于两个人的事情。

“在我周围到底埋伏了多少个人？”

菊黎皱着眉头，咬牙切齿地问，以憎恶的眼神盯着自己父亲。

“虽然你不止一次给我蒙羞，但是我有必要知道是因什么事情让我蒙羞的。”

“是不是厌恶只能让你蒙羞的儿子？”

“知道就好。”

施兰傻傻地望着这父子俩。

这不是父子之间的对话，两人就像是相互看着敌人一样的凄凉的眼神，让施兰觉得浑身毛骨悚然。

“这个契约作废。”

“谁说的？这个契约是我写的，不是你！”

听了父亲斩钉截铁的话，菊黎站起来走向父亲，但是父亲旁边的男子拦住了菊黎。身为父亲，对这样的儿子没有一丝慈祥的目光。

“没了三亿我们家既不会破产，也不会有什么影响。这是我儿子做出的愚蠢的事情，所以你可以走了。”

“不是什么三亿的问题！而是，我对菊黎……”

“干什么呢？马上给我拖出去！还有这一楼层里的我儿子的垃圾朋友也一起带走。”

这句话让施兰和菊黎的脸色突然阴沉下来。

男子们走到施兰面前，正想把施兰拖出去。

“你们在干什么？你们是不是想死啊？放开你们的手！”

菊黎冷冷的声音传遍整个楼层，男子们吓得将手松开。

“马上给我拖出去。”

听到他的话，男子们又慢吞吞地去抓施兰……

“不要抓！抓谁呢？赶紧给我消失！”

“谁是你们的主人？”父亲冷冷地说。

男子们不再看菊黎的表情，拖着施兰出了房间。

施兰露出慌张的表情，看着菊黎。

“干、干什么？不、不要这样！”

施兰以不知所措的表情看着菊黎，但菊黎被好多男人围着，无法动弹。

她疯了似的想摆脱这些男人，但是他们紧紧地贴着她，甩都甩不掉。

“妈的，放开我！马上给我放开！不想死的话，都给我放开！你们这些混帐，赶紧给我放开！”

菊黎使出全力吼叫着，想靠近施兰，但是施兰已经被拖出了房间，门也被关上了。

瞬间，菊黎疯了似的反抗着。

“到现在为止，还不打起精神吗？”

听到父亲的话，菊黎用叛逆的眼神凝视着他，并说道：“精神？什么精神？”

“奴隶契约？现在拿着钱买人是想干什么？！”

“那么你呢，现在这些人还不都是你用钱让他们做这种事情的？！”

听了菊黎的话，父亲的脸色变得更加难看。

瞬间，两个人陷入了沉默。

当菊黎不再挣扎了，围住菊黎的男子撤回父亲身后，低下了头。菊黎皱着眉头看了一眼他们，马上又凝视着父亲。

“不要多管闲事，不要假装关心我！”

“我说过了吧，我有权知道，是什么事情让我蒙羞了，我也得到了羞辱，现在你也别再玩了。”

“刚开始、刚开始的时候，也许是为了寻开心，但现在不是！我爱……”

“你爱她？”

把菊黎的话截住，父亲以无情的口吻问着菊黎。

菊黎什么话都不说，凝视着父亲。

“哈、哈、哈哈哈哈！爱？根本没爱过别人的人竟然说爱？根本没有被别人爱过的人竟然说爱？”

血液像是要倒流似的浑身发抖的菊黎握起了拳头。

爸爸静静地凝视着菊黎，以冷酷的口吻说道：“现在开始不要再玩了。”

“不要管我，不是不会管我吗，就像以前那样把我扔掉……”

“我也想把你从我的户籍里销掉，这种想法一天能有数十次。”

“那就销掉吧！”

“把你生出来的想法一天能让我后悔数千次。”

“我也憎恨我的出生。”

“那就去死吧。”

父亲一点都不介意似的，以冷冷的口吻说着，转身向外走去，却在听到菊黎的话后停住了脚步。

“从我出生到现在，最开心的时候，是见到施兰的那一刻起……连一次都……没在我身边待过的你……凭什么把我生命中最珍贵的东西拿走！”

菊黎的声音传遍整个楼层。

“我一会儿再过来。”

转过身的父亲的脸上流露出隐约的伤感和怜悯，但很快他又恢复原来严肃的表情，走出了房间。

从酒店被赶出来的施兰和其他三个人。

海珍、萱镇、友林傻傻地看着施兰，周围很快围过来一群光头叔叔，萱镇和友林像是早料到了似的，无奈地叹着气。

难道真的那么想将施兰和其他三个人送走，竟然把韩氏家族的专用飞机都叫过来了？

施兰傻傻地看着像个巨大的堡垒一样的豪华酒店。

三十分钟前，还在那里和菊黎幸福地在一起，但现在这个地方已成了阻碍他们见面的巨大障碍。

“赶紧上去吧！”

身材魁梧的男子向施兰催促着，但她仍然凝视着酒店，慢慢地移动着步伐。

正要上专机的时候，她苦恼地想：“难道这是命运吗？是上帝让我去帮他，不让我离开他的吗？”

突然，她的视线固定在一个地方。

在无数个窗户中的某一个……施兰看见了菊黎。

是那么的难过，那么的伤心……

他那伤心的模样映入她的眼帘。

他在哭，虽然没有流泪，虽然他没有发现她在看他，他、他正在想着她，正在叫着她。

“我……不能走。”

他伤心欲绝的模样，让她看了痛彻心扉。

我怎么可以走……我怎么能留下他一个人走呢?!

“我不能走，也不会走!”

站在原地的施兰，一直凝望着菊黎所在的地方，其他人惊讶地看着施兰的模样。

“走吧!”

一个男子抓住施兰，想把施兰拖进飞机，但这时友林和萱镇挡在了那个男子的面前。

“不想回去的话，就不要回去!“

“大韩民国是民主国家!”

虽然只有友林和萱镇两个人，但是他们把那个身材魁梧的男人挡住了。施兰惊讶地看着他们。

“什么啊?不是说不能回去的嘛!那么理所当然是回到菊黎身边了!”

海珍看着正拦住男子的友林和萱镇，还有正在犹豫的施兰，急切地叫喊着。施兰这才打起精神，点点头之后，疯了似的跑向酒店。

从来没有跑过这么长的路，也从来没有跑得这么快过!

跑得这么快，但怎么总觉得还是很慢呢!

想快点、更快点迈着的步伐，怎么像没有加油的车似的慢吞吞的，周围的事物都像是慢慢扫过似的?

等了好久才来的电梯，不知是怎么了，比任何时候人都多。

跑向他的路是那么遥远，那么累。

(菊黎跑向我的时候，也是那么累吗?但另一方面会是开心的吗?)

重新回到那个地方之后，要说什么好呢？对菊黎的父亲怎样表达自己的真心呢？

既然看到了他那么伤心的神情，不能就这样回去。

叮当！

电梯门一打开，施兰就全力跑向菊黎的房间。

穿着睡衣，头发凌乱的女孩子，径直向前跑着，服务员门和保安们一不留神就把施兰放了过去。

哐当！

“唔？小姐！不可以这样！”

虽然保安们抓住了施兰，但这已经是她进入房间之后的事情。

看着头发凌乱的施兰，正在和菊黎说什么的父亲大人脸色变得惨白。

“怎么还没有回去？”

“契约还没有解除！”

不知道要说什么。

她很清楚菊黎的父亲不会承认自己和菊黎的爱情。

即使知道他们是真心相爱的，但也会认为是玩玩而已，所以能说的话只有契约。

“借你的钱不打算……”

“要收！不收也是违反合约的！”

“好的，那么还吧，不管什么时候都可以！但是，甄施兰你现在要做的事情，是先回韩国。”

“您不知道契约中的内容吗？那是奴隶契约书！我不是您的奴隶，而是韩菊黎的奴隶！所以我要待在菊黎身边！在菊黎没有抛弃我之前！我们的契约绝对不会被解除！”

施兰一字一句、清清楚楚地对菊黎的父亲韩弼浩喊着。

竟然对世界大富，在社会上有很大影响力的弼浩大喊……即使是在韩国很有名的人，也不敢直视他，可施兰眼神中没有丝毫的犹豫，堂堂正正地凝视着他。弼浩冷静地看着她，像是想通过她的眼睛看透她的内心似的。

“我要留在菊黎的身边，直到契约结束为止！”

施兰的话让弼浩皱起了眉头，但他又马上表现得不在意似的，凝视了一会儿地面，然后朝施兰走了过来。

虽然是满头白发，快要到六十岁了，但外表看上去一点都不像，他是那么的健壮，那么的高大。施兰看着这样的弼浩，心脏开始胡乱跳动起来。

“好的，你随便吧。”

幸好弼浩的大掌没有落到施兰的脸上，他冷冷地与她擦肩而过。

砰！

房门大声地被关上的同时，施兰无力地坐了下去。喘了好一阵子粗气之后，抬起头开心地笑着看向呆呆地看着自己的菊黎。

“我……回来了。”

施兰可是出了名的懂礼貌的好孩子，绝对不会违背大人意愿的甄施兰竟然为了我做出这种事情……大多数人只是听了父亲的名字都会浑身发抖，但是施兰不仅顶撞了他，而且赢了……菊黎虽然有些担心……但是很快就露出微笑凝视着她。

“真的……拿你没办法……”

菊黎“呵呵”笑着，施兰“嘿嘿”笑着。

“回韩国多好啊，怎么回来了？”

开心地笑着，整理着发丝的施兰以无法相信的眼神看着菊黎。

“回韩国去！”

“什么？”

“叫你回家等着。”

听了菊黎的话，施兰露出了不敢相信的神情，过了几秒钟那种诧异转变为悲伤。

我是多么辛苦地来到这儿的啊，我是怀着怎样的心情来到这儿的啊……

“你、你那话是真心话吗？”

“是真心的，我会说胡话吗？在这种情况下？”

菊黎无情的口吻使施兰从座位上跳起来，生气地叫喊着：“你怎么可以说出这种话？我是多么辛苦才回到这里的啊！”

“谁叫你过来了？谁叫你回来了！”

“什么？”

“回去吧！”

“不要！”

“回去吧！”

“不要！你的脸浸在泪水之中！你的心呼唤着我回来！我的眼睛里，总看见这样的你，我怎么可以回去！”

菊黎看着眼里含着泪水叫喊着的施兰，无话可说，只是目不转睛地看着她。

施兰为了不让眼睛里的泪水流出来，用手背粗鲁地把泪水擦掉，然后像想要看透菊黎的心似的盯着他。

“你之前不是说过，即使想丢掉，但已无法丢掉；即使不想爱你，但也只能爱着！我也是，即使你怎么喊着、吼着叫我离开，但我也没办法离开；即使你叫我不要再理你，但在我看到你，知道你，爱你的基础上，我死了都不会离开你！”

施兰无比坚定地对他说。

忍不住要流露出微笑的菊黎，为了掩饰，浑身都紧绷起来。

哐当！

“哥哥！”

没有预告的，房间的门又被打开了。一个小姑娘披着散发，跑向菊黎，扑进他怀里。

现在刚刚是初中二年级、长得可爱的女孩子，一点都不犹豫地直接扑进菊黎的怀里。

“金银霞？”

菊黎摆出尴尬的表情，抱住那个女孩。叫银霞的女孩微笑着，使劲点着头。

“嗯！哥哥，是我！”

银霞开心得不知所措，抱得更紧。

对她的行为，菊黎一点都不反抗，他将银霞抱得更紧，并在她的额头上亲了一下。

“真是好久没见了！”

“哥哥，想不想我啊？”

银霞的眼睛里含着泪水，盯着菊黎问道。施兰在旁边看着，尴尬得不得了。

“当然想你了！”

“哥哥，哥哥，我怎么样？我现在像不像女人啊？”

“是啊，变得漂亮了。”

“是吧？是吧？嘿嘿！”

从小菊黎和银霞之间就一直很亲密。

“是那个女人吗？”

施兰和银霞是三岁之差（虽然是三岁之差，以年级来算的话，是高中二年级和初中二年级之差），但银霞像是对待朋友似的，不是，像是对待下人似的鄙视着施兰。施兰被这个小姑娘的语气刺激了，很不爽地皱起了眉头。

“怎么说话的？”

菊黎皱着眉头，维护着施兰，银霞像是马上要流泪似的抽泣着，低下了头。

“只是……因为是不认识的人……叔叔说是不怎么喜欢的女人……呜呜……”

“知道了，知道了，不要哭了，嗯？”

对眼泪，特别是对小女孩的眼泪相当无奈的菊黎轻叹着气，劝着银霞。

菊黎的窘样、帅气的样子施兰全部都看过，但是第一次看他对别的女人这么温柔，施兰既觉得惊讶，又觉得很生气。

但对于菊黎来说，从小就认识了银霞，银霞就像是亲妹妹一样，所以只能……

“呜呜，哥哥太过分了！”

“知道了，哥哥不生气了好不好？”

“那个女人是哥哥的奴隶吗？”菊黎的话一结束，银霞的表情突变，她以尖锐的眼神，讥讽似的盯着施兰。

施兰的眼睛瞪得圆圆的，气得都快晕过去了。

“不是奴隶，是女朋友。”

“唔？怎么可能？！”

菊黎大方介绍，施兰放了点心，但马上又因为银霞绝对否定的话脸色变得青紫。

“什么不可能？”

“那种平凡的女人怎么会是哥哥的女朋友呢？”

听了菊黎的反问，银霞从座位上跳起来叫着。菊黎笑笑，抚摸着银霞的头。

“对我来说，已经是再好不过的女子。”

“哥哥！那么我呢？我呢？”

“你当然是我的妹妹了。”菊黎一点都不犹豫地说。

银霞用非常失望的眼神凝视着菊黎。

“我现在胸也变大了！还有……还有身材也变得漂亮多了！这样都不像女人吗？哥哥不是说我漂亮了吗？”

“你怎么了？”菊黎皱着眉头，过了一会儿又笑了出来，他转头看着施兰，“我不再说了，回去等着我吧。”

“我说过不回去！”

“哥哥叫你回去，你怎么还不回去？”

出现了比菊黎父亲更加难对付的人哪。

施兰和菊黎惊讶地看着突然插嘴的银霞，但是她不在乎似的狠狠地瞪着施兰。

“哥哥不是叫你回去嘛，怎么还不回去，像是跟屁虫似的！身为奴隶……”

“金银霞，你要继续这么说话吗？”

菊黎以严肃的表情瞪着银霞，这个小姑娘对真的生气了的菊黎摇着尾巴，并以可怜的口吻说道：“哥哥，生气了吗？嗯？银霞错了……这不是事实吗？她本来就是奴隶嘛！”

“我说了是女朋友。”

“我不承认！”

银霞吼叫着，瞪着施兰。

施兰看着这样瞪着自己的银霞，只能无奈地轻叹着气。

从哪里冒出来这么个小东西，对菊黎摇着尾巴暧昧地奉承着，对自己却虎视眈眈的。

（拿她怎么办才好呢？）

施兰轻叹着气，压抑着自己的感情。

（对还没上高中的孩子能说什么呢，忍着吧，甄施兰。）

施兰安慰着自己，点着头，但是抬起头看到银霞的瞬间，心中的火气又上来了。

看着这个高傲自大的小姑娘，虽然施兰心里很不爽，但也只能把她当做不懂事的孩子。

“难道你那么不喜欢我留在这儿吗？我要留在你身边。”

“我叫你回去等着。”

“你要什么时候才能回来？”

“哥哥不会再回去了。”

正说到重点的时候，这个小姑娘又插了进来，施兰强忍住火气，继续说道：“你要什么时候回来？让我怎么等下去，我能那么清楚地看到你痛苦的样子！”

“我说了哥哥不会回去的！不用再等了，哥哥痛苦的事情我会看着办的，不用你操心！”

忍无可忍的施兰狠狠地盯着银霞。

“你不知道我正在和菊黎说话吗？”

“我知道啊！”

虽然施兰比她大，但为了保持礼貌，施兰使用了尊称，但银霞却毫无顾忌地使用平语，施兰被银霞这样的德行气得七窍冒烟。

“在别人说话时候，随便插进来是没有礼貌的。还有突然出现之后，也不介绍一下自己是谁，就扑到别的女人的男人怀里，你知道这有多么失礼吗？”

“怎么了？有危机感了吗？”

血压急速地上升，脑袋开始眩晕起来。

对这个没有礼貌、没有道德的小姑娘怎么办才好呢？

施兰握起拳头，真想用头撞向银霞的脑袋，但还是马上冷静了下来。

（甄施兰，不要失去理智，你、你不是那么容易就会失去理智的人！）

“什么啊？你是哑巴吗？好像真的有了危机感啊！”

“喂！”

施兰终于失去了理智，向银霞吼叫着。

这样的施兰让银霞惊讶地咧着嘴，菊黎无奈地笑着。

“这个小姑娘对比你大的姐姐竟然不说敬语？！”

“年纪大是件值、值得高兴的事情吗？”

“当然了！连出生申告书上的墨迹都没干的小姑娘！”

“墨、墨迹都没干？”

银霞以难堪的表情盯着施兰，施兰马上像菊黎似的将左嘴角向上扬起。

“连这种话的意思都不懂吗？果然是还小啊！”

“你、你已经老了！”

“我现在的年龄是花季十八岁，正是最漂亮的时候！你呢？还在成长的年龄，所以不要抢有妇之夫，找和你年龄相当的人吧。”

施兰微笑着看着银霞，银霞像是受到打击似的咬牙切齿地盯着她。

“怎么，你不打算出去吗？”

“走着瞧，你这个飞机场！”

“什、什么？”

活了十八年，头一次听别人说自己是“飞机场”。施兰没有语言似的盯着银霞，银霞依然以愤怒的表情对施兰吼叫着。

“跟我哥哥比起来，你太差了，你这个飞机场！”

“我是飞机场的话，你是什么？”

“因为我现在比你小，等我长大了，我一定会比你漂亮！”

银霞皱着眉头，依然毫无顾忌地说着平语。

施兰气得什么话都说不出来了。菊黎看着这两人，一直叹着气。

“金银霞，够了！”

“怎么哥哥就对我这样啊！”

“那你以为你做得对吗？”

菊黎以不耐烦的表情非常直接地说道。银霞嘟囔了一下，马上以非常受伤的表情看着他。

“哥哥真坏！太坏了！呜呜！”

银霞哭着跑出房间，虽然施兰很讨厌银霞，但是看着她的哭相，还是产生了怜悯之心。

“就那么放她走没关系吗？”

“几个小时之后，她就会当做什么事都没发生似的跑回来。”

施兰看着温柔地微笑着盯着门口的菊黎，产生了嫉妒感，但马上又恢复了平常心。

“无论如何，我都不会先回韩国的！在你回去之前，我会一直留在你身边。”

施兰握起拳头，说完这句话后离开了菊黎的房间。一直盯着施兰的菊黎轻叹口气，将伤感的视线转向地面。

第二天。

早晨起床之后，施兰很早就去找菊黎。因为不能和菊黎共处一室，菊黎的父亲给海珍和施兰单独准备了一个房间。

走出电梯的时候，看见楼道上依然站满了弼浩的人，虽然有压迫感，但施兰还是挺起胸脯，走到菊黎的房门口，抓住门把，但这时，守卫的男子将施兰向后推开。

“干什么?”

施兰用锐利的目光盯着这个男子，但他表现得格外坦然，看不出一丝犹豫。

“不能进入。”

“为什么？到昨天为止都可以啊！”

“是会长的指示。”

施兰听了这个男子的话，不理解似的大声吼叫着：“菊黎的父亲允许我留在这个地方！”

“虽然允许你在这儿，但没有允许你们随随便便地见面，现在少爷正在思过当中。”

“思过？思什么过？菊黎做错什么事情了?”

施兰火冒三丈地向那个男子吼叫着。但是男子一句话都不回答。

“你们不要太小看我了。”

施兰皱着眉头，狠狠地盯着他们，可他们并不在乎施兰的目光。

“啊！那边有只猫！”

施兰突然大叫着，用手指指着别的地方，那些男子们下意识地往那边看去，那一瞬间，施兰飞快地向房门冲过去。

哐！

“唔？”

谁会被这种谎话骗到啊……

施兰撞在男子身上，向后弹了回去，男子们皱着眉头俯视她。

“如果总是这样的话，我们只能动武了。”

“只是看一下就好。”

“请你马上回去！”

“不要！”

施兰大声吼叫着，男子们挽住施兰的胳膊，想把她拉出去。

但施兰疯了似的挣扎着。虽然有弼浩会长的指示，但不管怎样，她是少爷的女朋友，还是不能做得太过分了。因此男子们小心翼翼地拉着她。

“哎呀！”

男子们把施兰放到电梯前面，然后转过身。

但是施兰翘起眉毛，从他们身后钻出来，又全速跑向菊黎房间。

“呀！”

“喂，抓住她！”

“妈的，真是的！”

男子们发起牢骚，比刚才更使劲地把施兰推开，倒地的施兰像是不倒翁似的，马上又站起来，吼叫道：“恋爱中的女人是很强的！不知道吗？赶紧给我躲开！”

“说过不可以！”

男子非常不耐烦地将施兰粗鲁地推开。

“啊！”

“真是的，你怎么这么烦人啊？”

施兰砰地撞在墙上，倒地的瞬间，菊黎房间的门被打开，传来银霞的声音，她站到施兰面前。

“叔叔不是不让这个大妈进这个房间的嘛！赶紧处理一下，一群

傻子。”

听了她的话，男子们将手伸向施兰，施兰将所有伸过来的手全部挡开，站起来盯着银霞。

“喂，小不点！你不要太过分了！”

“小不点？叫谁小不点呢？你赶紧给我回韩国去！哥哥不是叫你回去嘛！”

“不用你来操心！”

“身为奴隶，还想撒野？哼！”

听了银霞的话，施兰很无奈地笑了出来。

“赶紧给我消失掉！哥哥不是说过不想……”

“金银霞，别忘了忍耐也有限度的。”

终于出现在施兰面前的菊黎将银霞的肩膀用手捏住。

施兰开心地看着菊黎，他没有看她，只是皱着眉头盯着银霞。

“两分钟之前，我叫你不要再说那种话了，你不记得了吗？”

“但是，哥哥……”

银霞对菊黎撒着娇，但菊黎却以冷冷的眼神盯着她。

“少说废话。”

“哥哥！”

“我叫你闭嘴！”

“哥哥不好！为什么只对我……”

“闭嘴！”

菊黎冰冷的眼神使得银霞不能再说下去，施兰以惊讶的表情看着他。

菊黎一直都没有看施兰。

施兰正想对菊黎说些什么，突然男子们齐刷刷地向一个方向敬礼。

施兰、银河、菊黎看着男子们敬礼的对象。

这个优雅的女人个子不算高，看起来身体很弱，皮肤洁白……

与菊黎一样拥有玛瑙般的黑眼珠，她就是菊黎的母亲尹淑娅。

“阿姨，是不是好久没见到哥哥了啊？”

（难道是菊黎的母亲？）

施兰惊讶地看着淑娅，正好和看着自己的淑娅的眼神相交。

虽然与菊黎的黑眼珠是一样的，但与菊黎凄凉、伤感的感觉不同，她的眼神有种相当温暖、善良的感觉。

“就是那个女孩子，让叔叔伤心的人。”

银霞像是告状似的对淑娅说道。她听了之后表情一点变化都没有，只是温柔地看着银霞，银霞将扣在淑娅胳膊上的手，小心翼翼地抽出来。

“银霞啊，人要有风度，有风度的同时也要有端正的品德，应该对别人有礼貌。”

听了淑娅的训诫，银霞低着头，一步一步向后退去。

“初次见面。”

“你怎么还没有走？”

淑娅温柔地对施兰打招呼，但是菊黎却无视淑娅的存在，向施兰大声吼叫着。

施兰以惊讶的表情看着菊黎。

“你没必要留在这里，赶紧回去！”

“我是为了你，才……”

“我说过不需要你！”

听了菊黎无情的话，施兰的眼睛逐渐瞪大，但她什么话都没有说。

“你不要以我们相爱的理由来想知道我所有的事情，我自己会处理！你闭上嘴，赶紧回韩国等我！”

听到菊黎这些过分的话，施兰差点哭了出来。

本来就被银霞气得很难受，现在在初次见面的男朋友的母亲面前，还有许多警卫员面前……自己承受着那么多的羞辱留在这个地方，冲破那么多人的阻碍来到了他面前，但是……

施兰伤心的泪水在眼眶里打转，但她咬紧牙关忍住，不让泪水流出来。

“你不需要我吗？”

“不需要，赶紧回去吧。”

“不需要的话，我为什么回到韩国还要等你？”

“不想等吗？”

菊黎皱着眉头问她。施兰也皱着眉头，露出讽刺的表情说道：“我为什么要等不需要我的人？”

“回到韩国了，我就需要你。”

“哪有这种话？在没有我的这个地方，你想做什么？想和你喜欢的女孩儿开心地玩吗？”

“如果我那么回答，你是不是就会回韩国？”

“什么？”

“我为了和银霞玩才让你回去的，我这么回答，你会回韩国吗？”

听到菊黎的话，银霞的脸上露出了开心的笑容，施兰无法相信似的看着他。

菊黎不动声色地盯着施兰。

“我要和银霞在这儿开心地玩，所以你赶紧回韩国去。回韩国之后，死了都要等着我回来。”

“别开玩笑了。”

菊黎的话一说完，施兰就冷冰冰地回答道。

施兰死死地盯着他，然后笑着对他说道：“真的不应该对不成熟的人动真情，哈，真的好好笑，等着？我疯了？我为什么要等你？”

施兰咬牙切齿，以怨恨的眼神盯着菊黎，心里滴着血。

施兰为了不让眼泪流出来，把眼睛瞪得圆圆的，对菊黎说道：“我会回韩国，不是为了等你，而是为了结束这段感情！如果在这里放手，那么我回了韩国之后就不会再有与你相见的时候了。”

施兰说完之后，迈着坚定的步伐走向电梯门口。

（什么啊，真是好丢脸，很生气！都快气死我了！竟然把我带到这个地方之后又让我一个人回去，到底在干什么呢？真是好笑，韩菊黎，真是的，真的好不喜欢你，你这种家伙，我真的不喜欢。”

走进电梯里，门快要关上的瞬间，从施兰的眼里流出了瀑布般泪水。

“甄施兰！”

幻觉般的声音传进施兰的耳朵里，施兰抬起头，从电梯即将关上的门缝中看着跑过来的菊黎，两个人傻傻地看着电梯门关上，表现得不知所措。

当！

电梯门无情地关上了。

施兰又开始流着泪水摇着头。

施兰无法止住泪水，一滴滴向下掉着，在逐渐远离菊黎的电梯里瘫坐下去。

（真丢脸，很生气，但是想着要离开菊黎，更加心痛，自尊心受伤了，但是比这个更伤心的是，菊黎没有抓住我……你这种家伙……真的、真的不喜欢……但是爱你的心比这个大数百、数千倍……所以我更心痛……）

过了一会儿，电梯停下了，施兰浑身无力地摇晃着，从电梯里走出来。

菊黎在远处看着悲伤的施兰的背影。

也许是从安全出口跑下来的，他两腿在发抖，浑身被汗浸湿了。

无法稳住急促的呼吸，在远处悲伤地看着她的模样。

“施兰，真的要回去吗？指不定会后悔哦！”

海珍对疯了似的收拾着行李的施兰吼叫着，但她像是没有听见似的继续收拾着行李。

“发生什么事情了？说一下好不好？”

郁闷至极的海珍将施兰收拾好的行李抢过来扔到一边，追问着她。

施兰看了一下海珍，深深地叹了一口气，有气无力地说道：“把那个给……”

“施兰啊，到底是什么事情啊？”

海珍担心地问着，施兰轻叹着口气，坐到床上低着头。

“说不需要我……”

“什么？”

“韩菊黎说，不需要我了，叫我回去。”

“是不是有什么原因啊？施兰啊……”

“我也累，我也是女人，我也有……自尊心，我也会对……得不到的爱感到很痛苦……”

施兰的肩膀开始颤抖着。

海珍没有再问下去，只是坐在施兰旁边，抓住施兰的手安慰着。

施兰在海珍无声的安慰下终于号啕大哭起来，像个孩子似的。

“真的……真的不懂韩菊黎……当时确确实实地看到他伤心的样子。海珍啊，是我看错了吗？还是我的眼睛出了什么问题？”

“施兰啊……不是的，不会的。”

“明明……明明菊黎哭了的，虽然没有说，虽然没有表现出来……但我感觉得到，他需要我……他希望我留在他身边……我原本一直相信着。但是菊黎说不再需要我了，我的眼睛是不是出了什么问题呢？还是我的心出了什么问题呢？”

海珍听着施兰痛哭，心如刀割，轻轻地叹着气。

海珍紧紧地抱住施兰，小声安慰道：“不会的，分明有什么原因，你不是知道的嘛……菊黎的眼里除了你看不见其他人……你不是知道得比谁都清楚嘛……不要伤心……嗯？”

“对不起，没有你们的允许，随便进来。”

这时，一个温和的女声使得海珍和施兰惊讶地看着门口。

轻轻推门进来的人，正是菊黎的母亲——淑娅。

施兰被她吓得从座位上站起来，海珍皱着眉头问施兰：“哪位啊？是认识的人吗？”

听了海珍的疑问，淑娅走进房间，脸上露出慈祥的笑容。

“是菊黎……的母亲。”

“啊！您、您好！”

海珍有些慌张地低着头打招呼，淑娅温柔地笑着，稍稍低头回礼。

“刚才没能好好打招呼，施兰。”

“是……您好，我叫甄施兰。”

“很高兴见到你。”

淑娅和施兰打完招呼之后，静静地看着她。

施兰马上把眼泪擦干净，低着头，躲避着淑娅的眼神。

“菊黎……和父亲之间的关系很不好。”

淑娅开始说道。施兰点着头，小心翼翼地向她看去。

“不需要怕我，我和菊黎的父亲是不一样的。”

“什么？”

“我……很感谢施兰能守在菊黎身边。两个人是怎么相遇的……现在两个人相爱的事情，我知道一些。”

“……”

“不要走，守在菊黎身边吧！”

菊黎的母亲——淑娅的脸上没有露出温柔的笑容，而是有些伤感地笑着，叹着气。

“虽然有点不同……但我和菊黎的关系也不是很好。”施兰听了淑娅的话，皱起了眉头。

淑娅继续说道：“不在他身边的时间，比在他身边的时间还要多。所以不知道他在想什么。虽然不是很了解，但明白他是个自尊心很强的人，所以才会这样。”

施兰皱着眉头，好奇地看着她。淑娅低声叹息着，伤感地说：“我这是对不能守护自己爱人的那个孩子所作的补偿。菊黎会觉得自己连所爱的人都守护不了……会因为感觉自己没能力而绝望……所以请你不要离开。”

“如果是妈妈……如果是菊黎的妈妈……您不觉得对我说这句话……还不如守在煎熬中的菊黎身边吗？”

施兰反问着淑娅，淑娅惊讶地看着她。

施兰有些生气地看着淑娅，继续说道：“谢谢您，可是听到这种话……还是有点生气，觉得菊黎很可怜，他现在刚刚满十八岁，您说在这十八年的人生当中，你们不在一起的时候，比在一起的时候还多？您也知道这些，但为什么没有在他身边呢？还有，现在才回来，装做关心他，装做他是您的所有物吗？”

施兰一针见血的话让淑娅慌张得抬不起头，不知所措。

“如果真的是菊黎的母亲……在对我说这些话之前，就应该把菊黎抱进您的怀里，如果您是菊黎的亲生母亲……知道菊黎会痛，就不应该做出让菊黎受伤害的事情。不仅是阿姨，还有叔叔也是！”

淑娅伤感地笑着，看着施兰，点着头。

“是啊……施兰说得对。”

“谢谢您，特意来这里跟我说这些，我不会走的，因为觉得菊黎会很伤心……如果连我都离开……就没有人能站在他那一边，为他说话了。”

施兰把刚才海珍抢过去的行李打开，开始把东西放到原来的位置。

淑娅看着只为菊黎着想的施兰，欣慰地笑了出来。

“啊哈……”

施兰躺在床上，好几个小时一直叹着气，海珍看着自从淑娅回去之后就一直这样的施兰，有些担心。

“我是不是很傻啊？”

施兰笑着问一直看着自己的海珍。

“为什么傻啊？”

“菊黎都对我说了那种话……吵着闹着说要我回韩国的时候，就因为菊黎母亲说了一些话……我又马上站到了菊黎那一边，说不会离开菊黎。”

海珍看着她那可爱的模样笑了出来。

施兰皱着眉头嘟囔着：“你为什么笑啊？”

“因为这才像你。”

“嗯？”

“真正的甄施兰平时表现得冷漠、优雅、聪明，但是心却比谁都脆弱，容易动摇，现在的你才是真正的你，菊黎也是爱上了你的这一方面。”

海珍温暖的安慰让施兰开心地笑了出来。

哐当！

有人连门都没有敲一下就进来了。施兰和海珍皱着眉头看向门口。

在那个地方站着个个子矮小、长得非常可爱的女孩子。

“金银霞？”

海珍皱起眉头，狠狠地盯着她，之前在施兰那里听说过。施兰的脸色也变得很难看。

“什么啊？怎么还没有回去？”

海珍听到这小不点说出的话，很不爽地看着施兰。施兰也看了看海珍，叹息着。

“我说对了吧？”

“什么啊？你们在背后说我了吗？”

不知道这小不点为什么这么有眼力，她对施兰毫不客气地吼着，突然又露出了微笑。

“说我漂亮吧?”

“不是，说你相当不要脸。”

施兰模仿菊黎的口吻笑着说，银霞听了气得使劲跺脚。

“不、不要脸?！我要向阿姨和叔叔告状！”

“告状吧，不要脸。”

“什么?”

施兰将左嘴角向上扬起，耍弄着银霞，说不过施兰的银霞恨恨地盯着她。

(我现在才知道，菊黎为什么总是耍别人，嘿嘿，真是爽啊。)

施兰很开心地笑着，看着银霞。

“赶紧回韩国！”

“我不要回去！我要留在菊黎身边。”

“怎么你这女人这么厚脸皮啊！叫你赶紧回去！”

“因为是女人，所以才会那么厚脸皮！我不要回去。”

“回去！”

“不要，你能不能给我出去啊?”

“啊?”

海珍在旁边看着，咯咯地笑着。银霞皱起了眉头，但突然想到什么事情似的笑了出来。

“好的，不回去没所谓，反正你是赢不了我的。”

“什么?”

“明天晚上，哥哥说开 Party 的时候要当我的舞伴哦！”

施兰听了银霞的话，皱起了眉头。

从来没有听说过关于 Party 的事情，施兰对银霞的话越来越好奇。银霞转过身，可恶地说道：“听说是非常重要的宣布仪式，好像是我和哥哥的订婚仪式哦！之前，叔叔跟我说过会把我嫁给哥哥的，嘿嘿！”

“什么？”

“嘻嘻嘻！那么，好好待在这里哦！即使你在这儿摇着尾巴，菊黎哥哥也是属于我的！”

银霞兴高采烈地走出了房间，施兰和海珍呆呆地看着。

菊黎像是中了邪似的，坐在座位上，凝视着上方。

饭也不吃，关在房间里，熬着漫长的时间。

现在他所想的只有甄施兰……

她那伤心的表情，在他脑海中怎么也抹不掉。

砰！

随着开门声，淑娅走了进来。菊黎呆呆的、伤感的表情瞬间消失得无影无踪，他杀气腾腾地盯着淑娅。

淑娅被这样的眼神吓得颤抖了一下，但马上深吸了一口气，小心翼翼地走过来。

“听说……你至今没吃饭。”

淑娅温柔地说道。但菊黎只是直勾勾地瞪着淑娅，一句话也不说。

淑娅看着他的表情，有些失望，但马上露出勉强的笑容，低下了头。

“施兰，还没有回韩国。”

他听了淑娅的话，表情迅速地发生了变化。

“她说不能把你一个人留下……她说不能把从未被爱过的你留下，妈妈……被施兰狠狠地痛骂了一顿哦！”

“你到甄施兰那里，到底说了些什么？像爸爸似的说她是垃圾？或者说了更过分的话？”

“不是，不是的……我只是，只是觉得施兰离开的话，你会更加伤心……”

“什么时候开始这么关心我了？”

菊黎的嘴角露出了讥讽的笑，淑娅低着头，伤感地笑着，她鼓起勇气看着菊黎说道：“那么……恨……妈妈吗？”

菊黎听了淑娅的话，皱紧眉头，表现得有些慌张但是马上又笑出来，他斩钉截铁地说道：“恨你？没什么可恨的，恨也是来自一起生活的人，但是我们什么时候住在一起过……您也觉得说您是我母亲是很尴尬的事情，我当您是我母亲的时候也很不自然。您和我不是这种关系吗？”

淑娅看着逐渐离自己远去的儿子，眼里充满了泪水。

小的时候是只跟着她的孩子，又哭又叫地追着她的孩子……为了不让她走，缠着不放的孩子……

她憎恨只能无情地将菊黎丢弃的自己。

“都是我的错……对不起……对不起，菊黎啊……”

“我可不想看到你那假惺惺的眼泪，请您出去吧。”

菊黎皱着眉头，把头转了过去，但他的眼睛里也充满了泪水。

淑娅瘫坐在地上，颤抖着身子哭泣着。

“不要理我这种家伙，回到父亲身边，一辈子赎罪吧，就像以前那样。”

“菊黎啊！”

“也许是理所当然的，不是，我应该感谢他……把我这个与他毫无血缘关系的人生出来，写进他的户口。”

瞬间，淑娅更加伤感地哭泣着，没办法正眼看着菊黎。

眼泪在菊黎的眼眶里打转，他拼命忍着不让它流出来，咬着牙继续说道：“是我都会疯掉，如果我深爱着的女人怀的不是我的骨肉，而且在我面前生出来的话……更何况那个女人一辈子不是在爱我，而是爱着已经死去的别的男人！这样看的话，我觉得自己很幸福，至今没有死掉，还活着。”

“菊黎啊！菊黎！”

“父亲看到我就会生气……母亲看到我就会哭泣……父母不在身

边的我……以为自己做错了什么事情……所以疯了似的学习，为了让你们开心，只做你们允许的事情……但突然听说我不是爸爸的亲生儿子……哈哈，知道这个事情的时候，你知道我的心情是怎么样的吗？”

菊黎对着自己的母亲，怨恨地吼叫着。

没见到父母的时间有三年了，知道这个事情也有三年了……

想问的话，埋怨的话，在心里埋了三年。

自己知道这个事实的时候，分明父母都知道了……但是父母连个电话都没有，像是我就应该知道这件事情似的……连个解释都没有。

“出去，我不想看到你。”

“虽然晚了……虽然太晚了……妈妈真的对不起你……是妈妈错了……妈妈……妈妈……太对不起你了……”

“不要再管我了，到现在为止，我从未有过父母，只有养父和养母。”

“菊黎啊！”

“我叫您出去！我一直觉得你很幸运，如果我是会长……指不定会把您和您肚子里的孩子都杀掉。”

“到底是什么 party 啊？”

“就像那个小不点说的……真的是订婚 party 吗？”

乓！

“找死啊？”

“真没眼力，尹萱镇。”

孩子们来到施兰和海珍的房间，苦恼地想着 party 的内容。

施兰虽然没有把所有的事情都告诉友林和萱镇，但是他们大概知道了事情的来龙去脉。

“不要相信那小不点的话，应该不会有这种事情的。”

海珍笑着安慰施兰，但是施兰的表情依然很黯淡。

菊黎和银霞之间的亲密，还有只允许银霞去看菊黎的弼浩的态度，都让她担心。

虽然不清楚他和银霞的关系，但是弼浩好像并不反对两人似的，这使得施兰更加担心。

“还有听说她只是个初中生，结什么婚啊！”友林拍打着施兰的肩膀说道。

但萱镇傻乎乎地说道：“现在虽然是中学生，但是只差三岁，虽然不能结婚，但可以先订婚……”

砰砰砰！

“啊！怎么又打我？”

萱镇挤着眼泪，抱着头，盯着打了自己头的海珍和友林。他们用很担心的眼神凝视着施兰。

“啊，我真的不懂韩菊黎啊。”

友林伸着腰，背靠在椅子上，皱起了眉头。

“施兰说几句话吧！”

海珍抓住施兰的手，小声地说道。

施兰看着海珍和友林，笑了笑，握起拳头喊道：“我才不会相信那小不点的话呢！别开玩笑了！”

她使出浑身的力气喊着，孩子们跟着施兰喊道：“好的！让我们相信韩菊黎吧！”

“那个家伙，即使死了都不会不需要你，或者看上别的女孩子，我以我的性命担保！”

友林笑着对施兰说，施兰非常感谢友林。

“啊！我肚子饿了。”萱镇开始喊着肚子饿，大家用想把他吃掉的表情盯着他。

“这个是……生、生理现象！”

萱镇怕他们又打他的头，用手抱住头，从座位上跳起来，对大家吼叫着。孩子们看了他一会儿，爆笑了出来。

“不打你！不打你！”

“萱镇说肚子饿了，我也就饿起来了！”

“我们去吃饭啊？”

“吃晚饭的时间已经过了！”

就这样，孩子们吵闹着，为了填饱肚子，走出了房间。

施兰因为有朋友们的陪伴，心情渐渐地就好了起来。

“我们去吃什么东西呢？”

“你们不觉得这里的饭很好吃吗？”

“也许因为是免费的，所以更好吃哦！”

“对，对！咕噜！”

这两个人看起来生活也挺富裕的，但是怎么像要饭的。

叮！

电梯门打开了。

“啊～我好饿啊～”

“现在不是去吃饭嘛！不要再叫了。”

施兰笑着与大家一起坐电梯下去了。

这时，菊黎正从很远的地方看着她。

“现在回去吧。”

守着菊黎的男子脸上露出了为难的表情。菊黎什么话都没说，一直盯着施兰走过的地方。

“您在这里站了三个小时了，如果会长找不到您的话，会很生气的。”

男子焦急地对菊黎说道。菊黎点着头，转身离开。

看到施兰的菊黎精神好多了，但他推开房门的瞬间，愣在了原地。

“不是叫你闭门思过吗？”

弼浩用锐利的眼神冷冷地盯着他。菊黎闭着嘴，皱起了眉头，把头转过去。

“因为这是你与她的契约，所以把她留在你身边，但等她还了三亿之后，马上把她放走。”

“不用您操心。”

“不要毁掉好端端的孩子，毁掉你一个就够了。”

“我说过不用您操心！”

“低俗的爱情，就到你母亲为止吧。”

菊黎的脸色变得惨白，他从座位上站起来，看着弼浩冷冷地说道：“我早就知道了自己的身世，没必要隐瞒。为什么来我房间？”

“金秘书。”

弼浩叫来金秘书，金秘书手中拿着个盒子，放到菊黎的床上。

“这是明天要穿的礼服，这是有名的巴黎设计师专为韩氏家族的继承者……”

“拿回去！”

“但是少爷……”

“我不穿这种东西，给我拿走！”

弼浩对菊黎直截了当的回绝全然不在乎，他一边走向门口一边说道：“希望明天你不要做出让我丢脸的事情，我会信守我的承诺，你也要遵守你的约定。”

砰！

门像弼浩的心一样冷酷地、无情地被关上。菊黎皱着眉头，目不转睛地看着礼服。

第六章 割舍不了的亲情

“虽然晚了……但我们还是希望你能留在我们身边……这次不会拿你的自由来强迫你的，这次是请求。”

“妈妈也是……希望和你一起回美国。”

第二天晚上。

在酒店大厅举行的 Party 聚集了各国的许多记者。

所有人都穿着华丽的礼服，但其中最受人们瞩目的一对是菊黎和银霞。

在这种公开场合介绍韩氏家族的继承者还是第一次，所以所有人的视线全部集中在菊黎和韩国第一企业的独生女——银霞身上。

“晚上好。”

菊黎微笑着向大家问好。

简直让人难以置信的是菊黎竟然懂得各国语言，并能流利地说出来，他的博学和风度受到大家的一致好评。

不知什么时候开始，幼稚、贪玩的菊黎消失了，施兰看着有继承者风范的菊黎，有些慌张起来。

没有被招待的施兰和朋友们感到很丢脸，而且如果被发现会出大事，所以他们藏在放食物的桌子下面，只露出了脸蛋。

都挤进狭小的空间里虽然很不容易，但施兰因为菊黎的外语口语和优雅的外表忘记了自己的处境。

“什么啊？他什么时候学的那些话啊？”

施兰惊讶地说道。海珍也是傻傻地看着点着头。

“韩菊黎，他到底懂几个国家的语言啊？”

施兰和海珍失神地看着菊黎，友林和萱镇轻叹着气、摇着头。

海珍皱着眉头对友林和萱镇小声吼着。

“什么啊？你们那个表情？”

“你们真的相信吗？”

施兰和海珍听了友林的话，眨着眼睛看着他们。萱镇微笑着说道：“你们以为世界十强的财阀之子有那么无能吗？”

“什么话啊？”

“现在是不是叫英才教育啊？身为继承者，他能不接受这样的教育吗？！”

“但、但是……他的英语和数学都很差的啊！虽然学得倒是挺快的……”

“那个当然都是在骗你们的。”

友林打断施兰的话笑着说道。施兰听了脸色突变，握紧拳头。

“一句话，那就是泡妞儿的一种手段，是吧？”

萱镇咯咯地笑着看着友林，他也赞同地点着头。

“这是泡妞的高手段！噗哈哈哈……怪物，你也上当了，菊黎认真学习的时候，可称做神童哦！”

瞬间，海珍的脸色变得刷白，她往死里盯着正在流畅地用英语对话的菊黎。

两个女孩以愤怒的眼神盯着菊黎，菊黎觉得浑身不自在。

但是他马上抖擞了一下精神，继续和来宾交谈。

"啊！会长。"

菊黎和银霞正和一位要人说着与家庭企业相关的重要事情，这个男子看见菊黎后面的弼浩，笑着打招呼。

弼浩露出微笑，把身边的淑娅松开，站到菊黎和银霞身边。

"有这么聪明伶俐的儿子，应该很自豪吧。"

弼浩听了要人的话，呵呵笑了出来。

"这个家伙虽然经常惹祸，但确定是个非常聪明伶俐的孩子。"

"之前听过很多关于他的传闻，好像说他是英才啊？"

"哈哈哈！您过奖了。"

菊黎听了两个人的对话，真想离开这个地方，但是为了遵守与弼浩的约定，他依然忍气吞声。

"这位是不是第一集团的千金？"

要人看着银霞说道。银霞温柔地笑着，向他颔首敬礼。

"您好，我是金银霞。"

"你好，见到你很高兴，第一集团的金会长来了吗？"

"因为美国那边发生突发事件，所以今天来不了了。"

"啊……是吗？"

"爸爸很想参加……所以我替他过来了。"

与对待施兰的态度完全不同，银霞很有礼貌地说话。

施兰看着这样的银霞，惊讶地张着嘴。

（真没想到小不点身上还有这样的一面，有点……有点生气。也许我无法做到那样，如果我站在菊黎的旁边……）

施兰被奇怪的氛围影响，很不开心地低下了头。海珍温柔地看着这样的施兰，用手拍拍她的肩膀，要她加油。

"银霞是菊黎君的爱人吗？"

男子看着菊黎和银霞，很直接地问道。

"哪里的话，从小开始就像亲兄妹，所以一点隔阂都没有，只是兄妹关系。"

银霞听了弼浩的话，用受伤的眼神看着弼浩和菊黎，但那两个人无动于衷，只是礼貌地笑了笑。

如果在平时，银霞会大吼大叫地质问弼浩，但是在这种场合，她绝对不能那么做，也不会那么做。

银霞虽然年纪还小，但是她清楚地知道谁可以顶撞，什么场合不可以撒野……

“那么，以后找个时间与我的女儿见个面吧？我女儿上次看了菊黎君的照片之后，一直想与他吃顿饭，见过我女儿吧？你们一定能成为非常般配的情侣。”

菊黎听了要人的话，表情变得僵硬起来。弼浩只是笑着说：“当然要找个时间一起吃饭了，如果能成为好朋友就更好，还有菊黎和国务院长的女儿年纪都还太小，是吧？”

要人提及菊黎和他女儿的事时，弼浩笑着婉转地拒绝了，他的话中隐含着“我可不想和你成为亲家”的含义。

“听说以后要接受继承人的教育，是这样吗？”

“是的，今天就是宣布菊黎继承我的事业的日子，也是宣布菊黎以后行程的日子。”

弼浩笑着亲切地拍打着菊黎的肩膀，但菊黎看都不看一下弼浩，僵在原地。

“你看，小不点在说谎话吧。”

海珍以非常爽的表情咯咯地笑着对施兰说，施兰这才开心地笑了出来，但又马上皱起眉头。

“那么菊黎君会随会长去美国吗？”

施兰听了男子的话，竖起了耳朵。

“是的。”

弼浩回答完了，但菊黎的表情没有任何变化。

施兰以惊讶的表情看着菊黎，希望他说“不是”，但是他没有说出一句反抗的话。

“那么要和父母一起生活了？在美国……之前一个人应该很孤独，但现在应该很好哦！”

菊黎听了要人的话，嘴角露出了微笑。菊黎似乎对美国之行一点都不抗拒，微笑着说道：“到美国之后，打算与父母分开住。”

“不可以！”

“施、施兰！”

哐当！

瞬间，中央的桌子开始摇晃起来，桌子上的食物哗啦啦地掉了一地，之前躲在桌子下面，穿着有些寒碜的孩子们出现在 Party 上。

人们看着这些孩子开始喧哗起来，菊黎露出难看的表情，像是中邪似的傻傻地看着施兰。

“喂，韩菊黎！你真的要去美国吗？”

施兰径直走到菊黎面前吼叫着。

弼浩皱起眉头，淑娅慌张地看着她，但是很快又满意地笑了出来。

“韩菊黎！我在问你，真的要去美国？”

菊黎听到施兰的吼叫声，傻傻地看着施兰。

难道这是在做梦吗？施兰依然像以前样，大声地向自己吼叫着。

站在菊黎面前，虽然感受到所有人鄙视的眼神，但施兰一点都不自卑。弼浩的脸色变得惨白，他对周围的警卫使了个眼色。

“走吧。”

“啊！给我放开！韩菊黎！”

警卫们粗鲁地抓起施兰，呆呆地看着施兰的菊黎的眼神变得冷酷无情，他一拳狠狠地打向警卫。

砰！

“啊！”

到处传来尖叫声，弼浩的表情瞬间僵住了，他意识到自己的判断是错误的。对菊黎来说，招惹施兰是等于是要他的命。

菊黎拉着施兰的胳膊吼叫道："你怎么会在这儿?"

"回答我的话！你真的要去美国？不是没有跟我说过这种话吗？去了之后，什么时候回来？嗯?"

菊黎听了施兰的问话，慌张地把头转过去。

弼浩把周围的警卫撤走，看着菊黎静静地说道："我不会对甄施兰造成任何威胁，让她留在这里，你赶紧把事情解决了！"

菊黎听了弼浩的话，皱着眉头，慢慢松开施兰的胳膊，轻叹着气。

"我们以后再聊吧。"

"韩菊黎！"

施兰大声叫着菊黎，但是被菊黎的眼神吓得什么话也说不出来。

从菊黎的眼神里能够看出，他有很多话要对她说。

施兰只能僵住身体，叹着气点头。

"知道了。"

施兰回答完之后，菊黎向大家大声道歉，留下施兰一个人，很快消失了。

就像是站在两个不同世界的他和她。

虽然在同一个空间，呼吸着同样的空气，但却像有一堵无形的墙隔开了菊黎和施兰。对于施兰来说，得到所有人羡慕的眼光的菊黎让她感觉很陌生。

天色已晚，安装有照明灯的舞台上，人们开始繁忙地移动着。

到了发布会的时间，所有人都站到了舞台前面，施兰和孩子们为了看菊黎，也挤进人群中。

施兰的视线一直紧随菊黎，但菊黎却未看向施兰。

菊黎和弼浩站到讲台上，人们开始为他们鼓掌和欢呼。

"谢谢各位贵宾能够参加这个 Party。今天在这个地方是为了向大家介绍韩氏家族的继承者——我的儿子韩菊黎。我向百忙之中抽出时间来参加这个宴会的贵宾表示诚挚的感谢。”

弼浩的致辞刚结束一段，所有人都开始鼓掌，他稍微停了一会儿，继续说道：“以后，我的儿子韩菊黎会在我身边学习管理公司方面的事情，而且还会在正式场合经常出现。菊黎！”

弼浩向菊黎使使眼色，菊黎稍微皱起了眉头，但是马上站到弼浩身边，对全场人颔首敬礼。

弼浩看着菊黎的样子，满意地笑着，向后退了过去。

“我是韩菊黎，为了以后能够成为有能力的继承者，先向大家打声招呼，希望大家多多照顾。”

菊黎向大家敬了个礼，人们又开始大声鼓掌。

施兰在舞台下面看着菊黎看也不看一眼自己，冷静地说下去的样子，觉得他特别无情。

“我在以后的三年里，会追随父亲学习管理课程。为了以后能够以更好的姿态站在大家面前……”

“啊啊啊！”

这时从人群中传来一个男子尖叫的声音。人们开始喧闹起来，并看向天花板。

“啊！”

“天花板要塌了！”

弼浩和菊黎听到人们的尖叫声，一齐看向天花板。只见天花板上正往下掉着灰尘，似乎很快就要掉下来了。

“菊黎！”

瞬间，施兰惊叫着菊黎的名字，菊黎下意识地被施兰喊叫声吸引了注意力，转过头来看向她。

“快点躲开！”

人们对菊黎和弼浩叫喊着，弼浩很快被警卫们拉下来了。

菊黎还傻傻地站在那里看着施兰……

“菊黎！躲开！快点！”

施兰急忙跑向菊黎。

菊黎跑向施兰的瞬间，礼服挂到演讲台上的桌子上，他倒在了地上。

“菊黎！”

施兰惊恐地跑到台上，想把礼服抽出来，但怎么都扯不动。人们大声尖叫着，看着处在危机中的两个人。

看着这一切的银霞、弼浩、淑娅露出惊恐的表情，向两人跑过去。

哐哐当当！

震耳欲聋的声音过后，演讲台上的天花板塌了下来，在那一瞬间菊黎将施兰推到了演讲台下。与此同时，弼浩将比自己高的菊黎像是保护贵重物品似的紧紧抱住，然后晕过去了。

哐哐当当！

没过多久，白色的灰尘落在演讲台上，人们什么话也没有说，呆呆地看着倒塌的演讲台。

演讲台上到处都是从天花板上掉下来的木板，在那里找不到菊黎和弼浩的身影。

“菊、菊黎啊！”

唤醒被吓呆的众人的正是施兰。

施兰哭喊着把比自己还大、还重的木板拼命地向上抬起。

手和腿上到处都流着血，但她一点都不在乎，脑子里只有菊黎。

这才回过神的警卫们，还有友林、萱镇、海珍迅速跑到演讲台上，帮着施兰小心翼翼地抬起木板。

有人向急救中心打电话，有人去找帮手，有人到演讲台上搬木板。

真不知道施兰是在抬木板，还是在浸湿木板。她无法控制眼中流出来的泪水，拼命地搬动木板。

人们惊讶地看着这样的施兰，银霞用悲伤的眼神看着她，拼命忍住泪水，感到同病相怜。

因为很多人帮忙，没过多久大家就发现了菊黎和弼浩的衣角，所有人都围过来，慢慢地将沉甸甸的木板搬掉。

“菊黎！”

“老公！”

淑娅和施兰同时尖叫起来，淑娅瘫坐在地上，施兰慢慢走过去，流着泪水，不知该怎么办是好。

弼浩浑身都被鲜血浸透，虽然已经失去了知觉，但是为了保护菊黎，他用身子紧紧地抱着他，就像不想失去宝贵的孩子似的……

但是为了救他们，只能先把他们分开。

菊黎仅仅是受了点皮外伤，惊吓过度晕过去了，但弼浩的伤势却很严重，到处都是血，脉搏也找不到。

“妈妈……又要走吗？爸爸……又要把我留下吗？”

现在是七岁吗？

有着玛瑙一样的黑眼珠的男孩儿，眼里含着泪水望着自己的爸爸妈妈。

妈妈看着用手抓住自己裙角的孩子，哀伤地流着泪水，然后马上甩开孩子的手，走到爸爸身边。

“老婆你先回车里头。”

妈妈听了爸爸的话，什么话也没有说……对自己的儿子连句告别的话都没有说就上了车。

在这么大的大厅里只有两个人站着，看到爸爸的影子都会浑身发抖的孩子被恐惧包围着，呼吸都有些困难。

“讨厌……我吗？”爸爸用颤抖的声音问。

但孩子听不懂爸爸的话，害怕地抖着身子，低着头。

爸爸看了一会儿不敢看自己的孩子，眼睛里忽然充满了伤感。

但他马上飞快地转过身，没再对孩子说一句话，无情地关上门离开了。

孩子看着父亲的样子，终于开始流泪了。

在门的另一侧，爸爸低着头，流着泪水轻声说着："对不起……对不起……对一点错都没有的你……真的……真的对不起……在你小小的心灵上……留下了伤痕……"

那冷酷无情的男子……背着小孩子留下了伤心的泪水。

"菊黎？"

施兰急切地呼喊着菊黎。

他突然睁开眼睛，被小时候的记忆吓得坐了起来。

记忆很微妙……以前只记得父亲冷酷无情的一面，现在却终于看到了父亲的眼泪。

"菊黎？还好吧？"

听到既熟悉又温柔的施兰的声音，菊黎喘着粗气，凝视着她。他的模样像是受到了很大的打击。

施兰轻轻地为菊黎擦拭额头上的汗。

"有什么地方在痛吗？嗯？"

幸亏弼浩抱住菊黎，所以他只是大腿和胳膊上有些皮外伤。

躺在住院室的菊黎，胳膊上扎着打点滴的针，他看了一下自己的胳膊，把视线转向施兰。

"到底是怎么回事？"

施兰听了菊黎的提问，伤感地低下了头。

"幸亏啊……幸亏……"

虽然看不见她的表情，但她眼中不断地掉下泪水，菊黎温柔地抚摸着她的头。

"对……对不起……"

施兰听了菊黎的道歉，用手背擦去眼中的泪水，使劲地摇着头，然后以严肃的表情看着他。

“演讲台上的天花板不知道为什么突然塌下来了……你……你被压在下面了……”

“啊……”

“你父亲……为了保护你……”

菊黎听了施兰的话，眼睛逐渐瞪大，表情也逐渐悲伤起来。

在自己的记忆里，一次都没有见过的父亲的眼泪，在梦中出现之后，久久无法忘记。

“他在什么地方呢？”

施兰听了菊黎的问话，有些惊讶，但她马上温柔地笑着，从座位上站起来。

“就在隔壁的病房，好像还没有起来……他刚刚做完了手术，但是腿……”

菊黎硬是把针头拔了下来，从床上站起来，正要走出病房的时候，好像想起了什么事情，站住了。

施兰看着菊黎的背影，走到他旁边微笑着。

“是你的父亲紧紧地抱住了你，像是保护贵重珍品似的。”

菊黎的脑子里一团乱麻。

菊黎真想跑过去问他为什么要保护自己……伤感和怀念又从脑海里浮现了出来。

还有要回到父亲身边的恐惧感也开始复苏……

混着各种感情的爱憎在心中纠结……

“我……真的不大清楚……”施兰以伤感的口吻说道，菊黎的视线转向她。

施兰望着菊黎，微笑起来：“你和你父母是什么关系……发生了什么事情……为什么会这样，我真的什么都不知道……”

“……”

“但是……我知道一件事，你的父亲和母亲虽然没有在你身边，但是非常爱你……在危险的时刻，跑过去保护你……这不是谁都可以做到的，如果不是真正爱的人……不可能做到这一切的。”

施兰对菊黎微笑着，然后紧紧地抓住菊黎的手。

菊黎听了施兰善解人意的话之后，原来紧绷的脸逐渐舒展开来。

“要不要我陪你一起去啊？”

施兰小心翼翼地问着菊黎，菊黎笑着点头。

“真的像是变成孩子时的心情啊？”

“从孩子做起也挺好的，虽然你的心和身体都长大了，但是你对父母的爱还停留在儿时的状态。”

施兰笑着，握紧菊黎的手，和他一起走出了病房。

咚咚！

听到敲门声，淑娅把头转过去，看向门口。

淑娅看到菊黎出现在门口，流着泪，正要走向他的时候，突然又停住脚步，把眼泪擦掉，看着菊黎小心翼翼地道：“还好吧？可以动吗？听医生说……你的腿和胳膊伤了……还有没有别的不舒服的地方啊？”

菊黎没有回答，转过视线。施兰抓住菊黎的手，拍打着菊黎的肩膀。

菊黎稍稍皱起了眉头，然后马上把视线转向淑娅，冷淡地说道：“我没事，所以不要管我。”

淑娅听了菊黎的话，开心地笑着，两手握着放在胸前，长长地舒了一口气。

菊黎的视线转到躺在病床上的弼浩身上，菊黎和弼浩的眼神正好碰在了一起。

尴尬的两个男子马上把视线移开，在旁边一直看着的淑娅和施兰既慌张又惊讶，然后在不知不觉中笑了出来。

“你怎么来了？没什么事了就出院，处理外面的事情。”

弼浩既无情又冷淡的话，使得菊黎的表情极度僵硬。

“我也不是因为担心你才来的，所以不要误会。”

“我可不会误会那种芝麻大小的事情。”

嗖！

没说几句话，他们两个人之间就像吹起了冷风，没有谁愿意先说出关心对方的话。

“因为当着那么多人才会做出那种见义勇为的事情吗？”

弼浩听了菊黎的话，皱起眉头，看着菊黎，但是菊黎低着头接着说道：“因为是大庭广众，想给大家宣传一下‘我们是相当相爱的父子’，所以做出并不想做的事情吗？”

“菊黎！”

淑娅露出慌张的表情叫着菊黎，但是菊黎没打算停住似的继续说道：“您是那么想发善心、发仁心，想成为优秀的父亲吗？”

“傻孩子。”

弼浩因菊黎的话皱起了眉头，不在乎身上的伤，他从床上坐起来，盯着菊黎。

“你以为我就是为了发善心，而做出那么愚蠢的事情吗？你的思维只有这种程度吗？”

菊黎以无法理解的眼神看着弼浩。

弼浩犹豫了一会儿，把头转向窗户，把十八年的爱憎……十八年都没有说出来的事情全部说了出来。

“真的很气愤的是，你长得一点都不像我……和我一点血缘关系都没有……看着长得跟你妈妈一模一样的你……虽然和我没有血缘关系，但是每当看到行为、动作越来越像我，虽然想憎恶不是我亲生儿子的你……想以无情的态度对待你……但我的心却不允许……”

他的眼睛里含着泪水。

“这都是我的错，像个不懂事的孩子，韩菊黎。”

虽然不能温柔地、亲切地喊着菊黎的名字，但这是与之前完全不同的口吻，使得菊黎既尴尬又害羞，心里总觉得有种奇怪的感觉。

“自从你出生以来，我一直很爱你，就像是我疯了似的爱你妈妈一样……虽然你的血是别人的……但我依然爱着你，这是我到了五十岁之后才意识到的。”

淑娅听了弼浩的话，流出了感动的泪水，并欣慰地看着弼浩和菊黎。可当菊黎的视线撞上弼浩的视线的瞬间，他又马上低头看着地板。

“不要以这种眼神看着我，zor 不适应。”

听了菊黎的话，弼浩瞪着眼睛。

“zor？”

被弼浩以眼神询问，施兰咯咯地笑着，小心翼翼地对弼浩说道：“那是菊黎的习惯，zor 是非常、相当、很的意思。”

“啊！zor……是啊，我也是 zor 不适应。”

“扑哧！”

一向严肃的弼浩，竟然用起孩子们常用的词，更何况是菊黎常用的词，菊黎和施兰捧腹大笑起来，弼浩和淑娅以好奇的眼神看着他们。

“zor？zor（很）有意思吗？”

“噗、噗、噗哈哈哈！”

淑娅的最后一击，使得施兰和菊黎抱着肚子坐在地上大笑起来，不知道原因的大人只是微笑着。

笑了好一阵子的菊黎和施兰露出尴尬的表情，咳嗽着。

当他们停止了大笑之后，弼浩小心翼翼地说道：“现在我说的事情……仅仅是对你的提议，不是强迫性的。”

菊黎听到弼浩的话皱起了眉头。

“虽然晚了……但我们还是希望你能留在我们身边……这次不会拿你的自由来强迫你，这次是请求。”

“妈妈也是……希望和你一起回美国。”

“虽然留在韩国更舒服……但在美国有个大型的长达十年的项目，现在已经到了收尾阶段……希望和你一起回去。”

菊黎听了淑娅和弼浩的话，不知所措地避开他们的视线。父母看着这样的菊黎，脸上充满了失望的表情。

“给菊黎点时间吧，因为一切发生得太突然了，所以不能这么轻易地做出决定。”

父母听了施兰的话，脸上露出了开心表情，菊黎露出尴尬的表情看着她。

但是她只是微笑着。

咚咚！

“好的，请进！”

海珍尴尬地伸出头，对施兰说道：“那个……施兰……从侑兰姐姐那里……”

海珍看着施兰的眼色，吞吞吐吐地说道。施兰吓得皱起眉头。

“姐姐怎么了？”

因为菊黎没有受很重的伤，所以包着绷带出了院，然后替弼浩处理了很多事务。

一天不知不觉地过去了，那天晚上，菊黎来到施兰的房间。

为了给两个人单独相处的时间，海珍悄悄地离开了房间。

海珍一出门，两个人之间的气氛变得尴尬。

之前两个人在一起的时候总是吵吵闹闹，但是今天不知怎么的，他们尴尬得不得了。

“那个……”

“那个……”

施兰和菊黎同时看着对方，正要说什么，但又同时红着脸把头转开。

“想说什么就先说吧！”

“不是，你先说！”

两个人不敢对视，相互推让着。施兰皱起眉头，以发牢骚的口吻说道：“你先说！”

“不是，你先说！”

“我叫你先说！男子汉既然说出口了，就应该说下去！”

“那你呢？女的既然说出口，起码要切个萝卜吧！”

菊黎吼叫着对施兰说。

“那句话不是男子汉既然拔了剑，就应该砍下东西吗？”

“这个和那个是一样的！”

“听说受过英才教育，怎么才这点水准啊？”

菊黎听了施兰的话，露出惊讶的表情，把头转向一边。

施兰看着菊黎的样子，露出了微笑。

“怎么了？怕被我发现吗？”

“唔？”

“你竟然把我骗到这种程度，什么？不懂 Kiss me 是什么？你是不是想死啊！”

施兰瞪大眼睛对菊黎吼叫着。菊黎的表情逐渐僵住了，然后马上咯咯地笑了出来。

“咯咯，对不起，对不起！我不是故意的，嘻嘻！”

菊黎吐着舌头，摆出求饶的架势。施兰叹着气，盯着菊黎看。

“我真拿你没办法，你有太多太多的秘密！”

菊黎听了施兰的话，轻轻地微笑起来。

“我现在都不知道，你和你父亲之间发生了什么事情……虽然隐隐约约知道一些，但不是你亲口说的。”

施兰凝视着菊黎说道，但他在苦笑着。

“你愿意告诉我吗？”

听了施兰的话，菊黎点着头，开心地笑道：“当然了，你可是我的 Jasper 哦！”

两个人坐在那里聊了几个小时。

从菊黎父母年轻时候错过的姻缘开始，到菊黎出生后的一切爱憎关系……

施兰既没有兴奋，也没有生气，只是静静地坐着，听着菊黎说的话。

“是不是很痛啊？”

施兰苦笑着对菊黎说道，菊黎只是笑着。

施兰稍微犹豫了一下，微笑着说道：“我要回韩国。”

菊黎听了施兰晴天霹雳般的话，惊讶地看着她，但是她继续说道：“爸爸东山再起了，你确认一下吧，已经把三亿汇到你的银行卡里了。”

菊黎开始不安起来。

“你和……我的契约到此为止……我也会回韩国……”

“契约虽然结束了，但你和我没有结束，我也会回……”

“真的想这样吗？”

施兰打断菊黎的话说道。

菊黎无法理解施兰的话似的皱着眉头看着她。

“真的不后悔吗？如果和我一起回韩国……也不会后悔吗？”

她盯着他的眼睛，一字一句加重语气地问。

施兰像是把菊黎的心都看透了似的，菊黎看着她的表情，马上低下了头。

“小时候没有得到过的爱……想待在他们身边的愿望……现在去实现吧，我没关系。”

施兰以非常温柔的口吻对菊黎说道。

菊黎听着施兰关心的话，只是低着头，什么话也说不出来。她温柔地笑着抚摸菊黎的发丝。

“我没关系，真的……”

原本一直低着头的菊黎，像是马上就要流下泪似的抬头望着施兰。

施兰的眼睛里也含着泪，但她微笑着，把眼泪藏了起来。

“不要觉得对不起，我没关系，嗯?”

菊黎静静地凝视着施兰，说道：“对不……”

“你没有做对不起我的事情……”

菊黎慢慢站起身，正要走出施兰的房间。

“你没有什么话对、对我说吗?”

菊黎听了施兰的话，站在原地，转过身看着她。

即使想忍住，即使劝自己说没关系，但还是无法控制离别的泪水。

“你应该说些你擅长的蛮不讲理的话……这不是你的强项嘛!”

菊黎听着她哀伤的话，眼中的泪水不断涌动，他走到施兰面前，紧紧地抱住了她。

“等着我……等着我，也许要几个月，也许要几年……但是一定要等着我，真的要等着我，如果不等我，我哪怕是追到宇宙的另一边，都会跟过去的……一定要等着，一定……要等着我。”

施兰从菊黎口中听到了最想听到的话，满意地笑了，更加紧地抱住他。

“我等你……我等你……我等你……一定要回来……”

施兰回国前一天。

菊黎抬起后脚跟轻轻地走着，向施兰的房间伸出了脑袋。

施兰正在收拾着东西，菊黎笑着喊道：“甄施兰！施兰!”

施兰皱起眉头到处看，发现菊黎在门口伸出头，向自己挥着手，施兰看着这样的菊黎无奈地笑了。

“你在那儿做什么?”

“嘘!”

菊黎急忙将手指放到嘴上，施兰笑着走近菊黎。

“你又想耍什么花招？”

“不是！怪物在吧？！安静！”

“海珍不在！”

菊黎听了施兰的话，咳了两下，走进了房间。

进了房间之后，菊黎怀疑地环视着周围，然后看着施兰小声说道：“我们去野营吧。”

“唔？放着酒店不住，去什么野营啊？”

“去海边搭上帐篷，看日出吧。”

菊黎有些不好意思似的，把视线转到另一边，对施兰说道。施兰也通红着脸，低着头，不知所措。

“是不是有点……”

施兰什么话也没有说，菊黎失望地站起身说道：“你不愿意就算了。”

“不是，好！非常好！”

菊黎听了施兰的回答，惊讶地回头看着她。

菊黎一说要收回野营，激动过度的施兰没能控制住音量，她意识到自己的失态，慌张地低下了头。

菊黎呆呆地看了一会儿施兰，扬起左嘴角。

“你是不是太张扬了啊？”

“什、什么？”

施兰听了菊黎的话，露出尴尬的表情，一步步向后退去，他慢慢走向她，以非常性感的眼神目不转睛地看着施兰。

“要不我们别去野营了，干脆向海珍借这个房间吧，这样也许会更好哦！要不要一起度过漫长的夜晚啊？”

施兰听了菊黎的话，身体僵住了，用害怕的眼神盯着菊黎。

“你、你看，又在说、说胡话了！你是不是耍我呢？”

“我为什么要耍你？你……真的不想和我度过漫长的夜晚吗？”

菊黎以非常失望的眼神看着施兰，施兰的脑子又开始飞速地转动起来。

(什么啊，什么啊……韩菊黎在耍我，还是在说真话呢？他在想什么色情的事情呢？怎么办呢？应该怎么回答呢？)

菊黎转过身，想走出房间，到这时为止一直在动脑筋的施兰凭感觉说道：“好、好的！”

菊黎听了施兰的话，开心地笑着，转过身站到施兰面前。

虽然感觉被骗了，但施兰还是严肃地说道：“那个……只是……去野营，然后睡觉吧？”

施兰不安地问道。菊黎笑了出来。

“只是睡觉？两个热血男女？只是睡觉？！”

施兰紧紧地贴在墙上，尴尬地笑着。

“菊、菊黎啊？”

“真的是真心吗？真的只是睡觉吗？”

施兰摆出害羞的表情，小声嘟囔着：“这个家伙又在耍我呢，还是真的？干脆表现得说不过他，然后……嘿嘿嘿！”

“你想怎么办？快点回答。”

菊黎以暧昧的眼神盯着施兰，施兰马上抬起头，把脸上慌张的表情换掉，以“我什么都不知道”表情看着菊黎。

“那个……我还没做好心理准备……就是说……”

“没必要做心理准备！”

“我可是……第一次……”

“是吗？

菊黎表现得很意外，施兰的表情瞬间僵住，她吼叫道：“什么啊！什么啊！韩菊黎！你不是第一次吗？你不是说和我是初吻吗？你不是第一次吗？”

施兰用咆哮般的嗓音吼叫着。菊黎有些荒唐似的看着她，大声笑了出来。

“你和朋友野营的时候，或者在家里的被窝里，没有聊着天过夜吗？你们只是睡觉吗？不动嘴皮？”

“为什么要动嘴皮？身体……咳咳咳！”

（死吧！死吧！甄施兰死掉吧！）

施兰大声吼叫着，想方设法为自己辩解着，但为时已晚，菊黎夸张地将左嘴角向上扬起。

甄施兰，这次又被耍了。

“为什么要动嘴皮？身子？身子什么？身子什么？”

“要锻、锻、锻炼身体……啊哈，啊哈，啊哈哈哈！”

施兰尴尬地笑着，做起了国民体操。菊黎看着施兰的动作，继续说道：“你和朋友聊天的时候，既锻炼身体，又做心理准备吗？”

菊黎开心地笑看着施兰。之前还慌张得不知所措的施兰，这才反应过来，恶狠狠地盯着菊黎吼叫着。

“韩菊黎，你真的要继续这样吗？”

“哇！真有意思！真想每天逗你！你怎么天天都被骗啊？噗哈哈哈！”

菊黎捧腹大笑。施兰气呼呼地用愤怒的眼神盯着菊黎。

笑了好一阵子的菊黎稍微镇定了一会儿，对施兰说道：“要去野营吗？瞒着大家，偷偷摸摸地出来，知道了吧？即使被发现，如果是有良心的家伙的话，也不会跟过来的，是吧？”

菊黎笑着说道，施兰使劲地点头。

幸亏施兰和菊黎没见到海珍、友林和萱镇，所以顺顺利利地到达了海边。

可以说这次约会是属于两个人的首次约会，所以两个人都兴奋得不得了。

手里拿着帐篷的菊黎，眯起被阳光刺激的眼睛，环视着周围。

“我去找一下可以搭帐篷的地方！”

“那我去那边买饮料过来。”

穿上游泳衣的施兰，急急忙忙地走向人群，看着施兰背影的菊黎开心地笑着。

“还是甄施兰最漂亮，噗哈哈！”

自己说了这句话之后，自己傻笑着，周围的外国人用异样的眼神看着他。

如果在自己国家玩得夸张，那是给自己丢脸，但如果在国外玩得像个疯子似的，就是给国家丢脸。

但是我们的菊黎何曾为这种事情伤神来着。

施兰在人群中消失之后，菊黎这才把视线转过来，找着可以搭帐篷的地方。

找了好半天，还没有找到合适的地方。

“菊黎！”

“哇啊！韩菊黎！”

瞬间，菊黎的表情僵住了。

菊黎皱着眉头，表现得好像自己不是菊黎似的，头都不回一下，径直向前走着……

“韩菊黎……啊哈哈哈……”

听到施兰声音的菊黎惊讶地把头转了过去。

手里拿着两瓶饮料，正好被友林、萱镇、海珍逮住的施兰尴尬地笑着。

菊黎看着这一切，失望地低下了头，施兰也不好意思地苦笑着。

果然友林、萱镇和海珍是没有良心的。

“你们这些坏家伙……”

菊黎咬牙切齿地向孩子们走过去，友林微笑着搭上了菊黎的肩膀。

“你们是不是太过分了！不应该丢下我们，就你们两个人偷偷来玩吧?”

“你说对了。”

菊黎话里带刺地说道。海珍竟然和萱镇站在一边，像是完全受到打击了似的说道：“太、太过分了！”

“施兰啊，那个低能儿就不说了，你怎么、你怎么也想把我甩了啊？”

“海、海珍啊……”

施兰尴尬地笑着，对着海珍叹着气，海珍对着友林“扑哧”笑出来了。

“这还挺有意思的。”

“是吧？这是很让人上瘾的。”

友林得意扬扬地笑看着正在气头上的菊黎和难堪的施兰。

“哇啊！今天我们就在外面快乐地玩吧！嘿嘿嘿！”

萱镇在沙滩上活蹦乱跳着，然后把菊黎手中的帐篷和友林手中的帐篷抢过来，去找合适的地方。菊黎咬牙切齿地吼着：“把帐篷拿过来！王八蛋！我不和你们这些家伙玩！”

“不要哦！唔？你说脏话了！”

萱镇逃着，气着菊黎，菊黎边追边看施兰的眼色。

但是今天的施兰没骂菊黎，他这才扬起左嘴角大声吼叫着。

“是啊，我说脏话了！想怎么样？你这个王八蛋！”

“哇啊！韩菊黎是坏蛋！跟甄施兰狼狈为奸！”

萱镇惊叫着，疯了似的跑着，友林也跑过去，跟他们打成一片。

“真是卑鄙，竟然狼狈为奸！我也要赶紧找个女朋友，是吧？萱镇？”

“对，对！卑鄙！”

萱镇和友林咯咯地笑着跑着，菊黎咬牙切齿，疯了似的追着。

看着三个人你追我赶，施兰和海珍也开心地笑了。

浪费了相当多的时间……不是，虽然找地方的时间很短，但是因为友林、萱镇、菊黎打闹，所以好久之后才找到搭帐篷的地方。

要搭两个帐篷，一个由海珍、萱镇、友林三个人弄，另一个由施兰和菊黎来弄。

后完成的一组要给大家做饭，孩子们开始了搭帐篷比赛。

“完成！”

没过多久，菊黎噗哈哈地笑着。正在伤脑筋的三个人惊讶地看着施兰和菊黎。

“怎么样？你们那是什么啊？连个架子都没有架起？噗哈哈哈，晚饭由你们来做吧！”

菊黎咯咯地笑个不停，格外好强的三个人无法控制自己的火气。

“你们身为男生，连帐篷都搭不好！”

海珍气愤地对两人吼着。友林皱起眉头喊着：“哪有所有的男生都能搭好帐篷的道理？”

“对！怪物，你不是也不会搭吗？干什么对我们吼叫？”

“你们看看韩菊黎，他不是自觉地把所有的东西都弄好了嘛！”

友林和萱镇听了海珍的话，原本想顶撞过去的，但是突然想到什么似的，扬起眉毛，接着说道：“是啊！韩菊黎可能也受过搭帐篷的英才教育吧。”

“和某个人不同，这次是不是也受骗上当了啊？”

这两个人说话怎么这么有默契啊！

虽然施兰已经为这件事发过脾气，但今天听了，青筋又鼓起来了。

虽然施兰被菊黎骗得受了不少的苦，但如果说受害最严重的，应该就是海珍了。

大家想想看，被所谓的低能儿韩菊黎骗得以一分之差输掉了，不仅这样还天天被他叫成怪物，并且不论他提出的什么要求都……

何止是这样？这次不是又赌了一个比赛嘛！

就是谁在听说考试上得更高的分数。

海珍的脸色逐渐变青。

“韩——菊——黎！”

瞬间抬起头看着菊黎的海珍。

菊黎被海珍的模样吓得浑身起了鸡皮疙瘩，施兰回想着他们藏在桌子下的时候，非常愤怒的海珍的样子，慢慢向后退着，离开了菊黎的身边。

菊黎以惊惶失措的眼神看着施兰。

“你、你怎么站到那么远的地方去！”

“不是，没什么……没什么……”

施兰吞吞吐吐地为自己辩解着，菊黎想对施兰说些什么，但被海珍的杀气吓得把头转了过来。

“敢……骗我！”

海珍飞快地向菊黎跑过去，菊黎像个斗牛士似的，想把勇往直前地向前冲过来的“牛”挡开，大声惊叫着围着帐篷转。

“喂！你给我站住！喂！低能儿，低能儿！”

“我都跟你说了不要叫我低能儿！你这个怪物！”

“你先不要叫我怪物！你这个家伙！不是你骗我的嘛！什么英才教育？你这个坏蛋！竟然假装自己超笨，然后跟我打赌！”

“唔？我可不是装的！”

“那你是什么？”

两个人喘着粗气，边跑边喊着。施兰、友林、萱镇被围着他们跑的菊黎和海珍弄得头晕得不得了。

“只、只是没对你们说而已！”

“那不是跟我说的是一个道理嘛！”

“不一样！”

菊黎和海珍吼叫着，演着追和被追的戏，孩子们大笑着看着他们两个人。

搭完帐篷之后，大家跳进海里，开始玩水。

施兰和菊黎依然是其他三个孩子的嫉妒对象，所以他们使用各种方法对两个人进行攻击，菊黎拼命地保护着施兰。

“呃！”

萱镇趁菊黎不注意的时候，潜水过去，抓住施兰的腿向下拽。

“唔？你是不是想找死啊？”

菊黎气得大吼大叫着，然后把施兰从水里拉了出来。施兰像是喝了好多水似的，挤着眼泪，咬牙切齿道：“你们都死定了！”

“死定了！”

菊黎也赞同着施兰的话，奔向海珍、友林和萱镇。

“呃……”

施兰从后面抓住海珍，潜进水里，不怎么会游泳的海珍，一点反抗都没有，“扑通”一声掉进了水里。

施兰像个魔女似的咯咯笑着，三番四次地将海珍扔进水里。

“呃！”

海珍正为帮助友林和萱镇，被施兰报复的事情感到后悔。

另一边二对一的战斗正在进行当中。

扑通！

“呃！”

菊黎一次就把萱镇甩进水里，使劲地把他往水里摁。

“你这个家伙！你竟然对你嫂子这么无理，嗯？”

菊黎痛快地笑着，抓住他的头，按进水里之后拽出来，然后又按进去……就这样一直重复着。

“呃！”

这时传来施兰的尖叫声，菊黎噌地把头转过去，看向施兰。

“哇啊！郑友林你死定了！真卑鄙！”

菊黎看着把萱镇抛下，帮助海珍把施兰扔进水里的友林，吼叫着。

友林吓了一跳，在水里拼命地游着……

“呃！”

可惜，他马上被菊黎恶魔般的手抓住，被迫狂喝着海水。

施兰咳嗽着，开心地看着友林被菊黎收拾，海珍不知所措，萱镇有气无力地呆呆看着他们。

终于到了晚上。

按照约定，友林、萱镇、海珍做了美味的晚餐，男孩子们不知从什么地方捡来了干木头，点上了火。

孩子们坐在火堆周围，脸被篝火照得通红。

“这么一坐真像搞篝火晚会啊，是吧？”

海珍笑着说道，施兰也微笑着。

“嗯，真好，就这样还可以看到天上的星星，是吧？”

施兰看着天空，指着天上的星星说道。

孩子们失神地看着首尔很难看到的数亿颗美丽的星星。

“是最后啊，今天是……”

第一次听到萱镇伤感的口吻，施兰和海珍惊讶地看着他。

“怎么了？第一次听我这么说话吗？”

施兰和海珍毫不犹豫地点着头，萱镇马上恢复正常的口气，笑着说：“我是不是很帅啊？是吧？是吧？”

“唉，真是的！”

听了这个话，友林皱起眉头，施兰和海珍也叹着气。

“那么施兰和菊黎要暂时拜拜了？”

施兰听了萱镇的话，笑了出来，菊黎生气地盯着他。

“当然，当然……”

萱镇像是有话要说似的，看了看菊黎的眼色，站起身离菊黎远了点。

“你不在的时候，我要泡施兰！”

“我会让你死得很惨！”

“呃！”

萱镇跑得老远，站在原地活蹦乱跳，向菊黎挑衅着，但菊黎在座位上动都不动一下，向萱镇挥着手。

“我不要！”

萱镇吐着舌头走开了，海珍从座位上站起来，尴尬地笑着。

“我去超市买点东西回来。”

“是吗？我也一起去吧。”

施兰正要从座位上站起来，但是海珍把施兰按回座位上，对着她的耳朵笑着说道：“你真没有眼见力，施兰。”

海珍微笑着，消失在施兰的视线里。然后友林也站起身大喊了一声“啊！厕所！”，之后也离开了。

现在只剩下两个人，施兰和菊黎。

施兰和菊黎谁都不打算先说出口，只是看着对方的眼睛。

“这些家伙。”

先打破沉默的是菊黎。

他笑着，把视线固定在篝火上说道：“他们说是最后，但其实这不是最后。”

施兰听了菊黎的话，微笑着点着头。

“嗯，不是最后，虽然不能确定是什么时候……但我知道我们会再来这里的。”

“再来的时候，我依然会让你坐到我身边。”

施兰听了，开心地笑了。

菊黎抚摸着施兰的发丝，凝视着她。施兰有些害羞地把视线转到别处。

“干什么那么看我？”

虽然施兰把视线移开了，但是菊黎固执地凝视着她。

“别再看了。”

“你不看我吗？以后好久都看不到我了。”

菊黎不满地说道。施兰害羞地笑着，低着头，看着地面。

“哭也可以，哭着看我也可以，因为那样也漂亮。”

“说什么胡话呢！”

施兰勉强地笑着看向菊黎，但终究没能控制住，哗啦啦地流下了泪水。

“你看，即使哭得很狼狈，也很好看嘛！”

施兰听了菊黎的话，擦干眼泪，瞪着菊黎。

“那是什么话？”

“当然是好话了。”

“你真的到最后都想耍我吗？”

“不是在耍你，是真的，你真的、真的好漂亮，哇！耀眼啊！”

菊黎蒙着自己的眼睛，开着玩笑。施兰用拳头打了一下菊黎的头，吼叫着：“真是的，别再闹了！”

“是，主人！”

菊黎笑着，停止了玩笑，但依然目不转睛地看着施兰。他用手摸着施兰的脸，轻声说道：“你这样哭会看不见我的。”

“嗯，我也不想哭……但控制不住。”

“我们会再见面的。”

“对啊，我们会再见面的嘛。”

施兰点着头，对着菊黎笑着。

施兰和菊黎的离别并不是悲剧，虽然不能肯定什么时候重逢，但只要两个人都活着……两个人再次相遇这件事本身就能使菊黎和施兰笑出来。

“当我能在你面前挺着胸脯站着的时候，我会回来，不像以前那样生怕你被别人抢走……即使在你身边出现其他男人，我都可以很自信地挽留你的时候……成为这么帅的男人的时候，我一定会回来，所以你不要离我太远。”

“说谎！”

“真的！”

“知道了，那我也会变得更漂亮的。”

施兰微笑着说道，但菊黎把头使劲转过去。

“不是！你现在这样就可以了！我喜欢丑女。”

“唔?”

“所以我才喜欢你的。”

“唔?”

“丑女不会有男人搭话……”

“韩菊黎！”

施兰扬起眉毛，向菊黎吼叫着。

菊黎看着这样的施兰哈哈笑了出来。

“你信这个吗?”

“真是的！”

施兰把头转过去，菊黎温柔地抚摸着施兰的脸，吻住了施兰的嘴。

湿润的嘴唇紧贴着……两个人静静地亲吻……

“我爱你，我会尽早回来，一定要等着我。”

“我爱你，我会等着你的，一定要回来。”

两个人以温柔的嗓音对对方说道。

就这样两个人度过了最后一个夜晚……不是，是暂时离别前的最后一个晚上。

第七章　暂时的别离

下定决心不要流出来的泪水，像泉涌一般从两颊流了下来，看着这一切的菊黎帅气地对她笑着点头。

终于专机开始缓缓地向前滑动，逐渐提高速度，升上了天。

菊黎在原地动都没动一下，看着飞走的飞机微笑着。

“等着我。”

第二天。

托菊黎的福，孩子们可以坐韩氏家族的专机回韩国。

孩子们因能坐专机回韩国，兴奋地议论着，走向酒店顶楼的停机坪。

一到顶楼，他们就看到警卫们围着专机整齐地站着。

“哇啊！这要多少钱呢？”

萱镇看着专机发出感叹。菊黎得意扬扬地笑着说道：“可能是你无法想象的数目哦！”

“哇啊！真的？真的？真的啊！”

“噗哈哈哈！”

菊黎陶醉在自己的优越感中，笑得天翻地覆。萱镇眨了一下眼睛，也跟着大笑起来。

“噗哈哈哈！一定！一定要驾驶一下……这个！”

“尹萱镇，你是不是想找死啊？”

菊黎表情突变，对萱镇大吼大叫。但是萱镇专注地看着远方某处，认真地思考着什么东西。

可能是想着偷专机的办法吧！

“叔叔，那里的行李，快点！快点！”

施兰对抬着自己行李的警卫吼着。

本来就对警卫相当不满的施兰为了让他们受苦，往行李里头装了很多石头。

大家回想一下，施兰想去见菊黎的时候，受了多少苦。

给你们上一课——你们要怕我，不要惹甄施兰！

施兰贴在菊黎身边，盯着警卫们看。他们不敢皱眉头，只能在心里埋怨着，帮施兰搬行李。

“我帮你把行李搬上去。”

施兰的行李刚被放到菊黎的身边，菊黎就提起她的行李……

“唔？”

他的表情马上僵住了。

里头顶多是衣服和一些生活用品……怎么会这么重呢？

施兰看着脸色发青的菊黎笑着。

“我来提吧！”

“不、不用！哇啊！哇啊！一点都不重！”

菊黎胳膊上的血管突起，瞬间后背被汗水浸透了。

施兰从菊黎手上抢过行李，行李“砰”地落到了地上。

“果然很重，是吧？”

施兰尴尬地笑着，蹲坐下来，把行李箱的拉链拉开。

“原本想当纪念品拿过去的，看这个情况可能飞机都飞不起来了。”

这么说了之后，施兰从包中掏出一把小石子，紧接着又掏出好几块简直可以砸死人的砖头。

看着这一切，警卫们吓得张大了嘴。一直看着施兰的菊黎也露出了惊讶的表情。

“下、下、下一次用货船把这些给你送过去啊？啊哈哈哈！”

“不是，没那个必要！”

施兰天真地笑着站了起来，提起轻快的行李包，对着警卫们狡黠地笑着。

“辛苦你们了！”

警卫们恨施兰恨得咬牙切齿，但不敢说什么的他们只能低着头，在心里埋怨着。

“到底里头有什么东西啊？怎么这么重！”

“就是，为什么不让大力士警卫们提着，费那么大的力气自己提啊？”

“我的行李可不是随便能托给别人的。”

“那我的行李呢？”

海珍皱着眉头，瞪着提着两个行李嘟囔个没完没了的友林。

看着她那副德行的友林大吼着：“谁叫你嘟囔个没完没了！”

“我不是说过让警卫抬的嘛！”

“啊！”

海珍吼叫着，友林比她叫得还大声。

海珍眨着眼睛，看着眼前这个荒唐至极的人。友林发着牢骚，抬起头。

“今天怎么这么热啊！”

海珍看着说着胡话的友林，笑了出来，一把抢过自己的行李，径直走着。

“喂，我说我来提！”

友林急匆匆跑向海珍。海珍转过头，大声吼叫着：“反正也到了，更何况不想听到你的叹息声，我自己提！”

“真是小气！”

“什么小气？我的行李我自己来提有什么？”

“唉呦，你真了不起。”

“嗯！我很了不起，怎么了？呵呵呵呵！”

可恶地笑完之后，海珍跑向施兰身边。友林看着这样的海珍，撅着嘴嘟囔着。

“怪物，给你提还废话！”

友林来到施兰、菊黎、海珍身边，萱镇也飞快地跑过来，指着专机说：“孩子们，今天我们轮流去开一下飞机吧！”

砰砰砰！

只对飞机感兴趣的萱镇，被菊黎用拳头狠狠地打了几下。

孩子们跟平时一样，说着废话，吵着闹着，似乎忘记了只要一坐上飞机施兰和菊黎就会分开的事情。

“到出发时间了。”

一位警卫走到菊黎身边，面无表情地说道。同时，菊黎的视线也转到施兰身上。

施兰的脸上充满了笑容。

“该出发了，一路上小心！”

菊黎笑看着施兰说道，施兰使劲地点着头。

海珍也是微笑着对菊黎说道：“不要想方设法偷懒，要好好学习知道吗？”

“别说我，你自己别偷懒，怪物！”

“真是的，可不可以别再叫我怪物了！”

“为什么？怪物，这正适合你！”

“韩菊黎，真是卑鄙无耻！”

海珍黑着脸对菊黎吼叫着，然后走向专机的台阶，但走到一半，又停住脚步转过头说道：“好好保重，低能儿！”

“知道了，慢走，丑怪物！”

菊黎笑着对海珍点着头。海珍上了飞机之后，透过窗户看着大家。

“菊黎啊，我万一想你怎么办啊？”

萱镇吊在菊黎身上埋着头说道。菊黎也以非常伤感的表情，拍打着萱镇的肩膀说道：“萱镇啊……”

“呜呜！菊黎啊！”

“不要玩了，赶紧上去吧！”

“唔？”

菊黎带着讥笑的表情看着萱镇，拍拍他的肩膀。萱镇知道自己的玩笑被揭穿之后，迅速退后，露出慌张的表情叫喊着：“你、你这个没血没肉的家伙！”

“揭穿这点事，就说我没血没肉啊！”

菊黎紧绷着身体大吼大叫着，萱镇使劲地点着头。

“原本这种时候要流点眼泪的！”

听了萱镇理所当然的话后，菊黎摆出一副哭相，然后把手指放进嘴里，将口水沾在两颊上。

“我真的好伤心啊，萱镇！呜呜！不要走！”

萱镇看着菊黎逼真的表演，有点失神，但同时感觉什么地方不对似的，戴上墨镜摇着头。

“真恶心。”

“是吗？”

“嗯。”

“是不是觉得很对不起我啊？”

“嗯，我走了，保重！”

萱镇愉快地笑着踏上台阶，上了专机，然后在进去的时候，还像挥动太极旗似的挥着手，但菊黎当没看见。

“韩菊黎，你真的要这样无情吗?!”

萱镇大声吼叫着。但菊黎看都不看他，把头转向友林。萱镇哭哭啼啼着走进专机，坐到椅子上。

“韩菊黎是个大坏蛋！呜呜！”

友林看着已经进去的萱镇和从窗户里看着自己的海珍，对菊黎说道：“真是吵死了，这些浑蛋！”

“你怎么说脏话？找死啊？”

菊黎用手指着友林吼叫着，友林皱着眉头也指着菊黎。

“难道‘找死啊’不是脏话吗?”

“当然不是了！”

“为什么不是?”

“‘找死啊’反正不是脏话！”

“是脏话！”

“我说不是！为什么总找我碴儿？真的找死啊?”

友林和萱镇针锋相对地吼着，施兰皱着眉头看着这两个人。

“别吵了，可以吗?”

友林和菊黎听了施兰的话，争先恐后地说自己是对的。

“不是这样的！他不是总在找我的碴儿吗?”

“郑友林！你为什么总对我的施兰说那种话?”

“我怎么了?”

“不要总是以求助的口吻说话！”

“我什么时候用求助的口吻说话了?”

“刚刚！刚刚！刚刚！刚刚！你这个坏家伙！”

“我没有，我什么时候?”

瞬间，施兰的额头上青筋爆起，然后马上……

砰砰！

“呃……保重，韩菊黎！”

“呃……慢走，郑友林！”

两个人每人脑袋上带着一个包，抽泣着。

友林上了专机之后，和海珍、萱镇一起从窗户看着施兰和菊黎。

“真的要走了?!”

“难道假走吗?”

施兰听着菊黎的话，斩钉截铁地回答道。菊黎受到伤害了似的看着她。

“对你真失望！都快走了，就说这种话吗？哇啊！”

“那你还不是，‘真的要走吗’就完了吗?”

施兰瞪着眼睛看菊黎。菊黎笑了一下，温柔地抚摸着施兰的脸颊，往施兰的额头上吻了一下。

“只是分开几个小时而已。”

“几个小时?”

施兰把气氛都打破了，菊黎的表情逐渐僵住了，他从施兰的脸上移开双手，吼叫着：“啊！甄施兰怎么这么不懂制造氛围啊，哇啊！”

“好的好的，我知道了！只是分开几个小时而已，可以了吧?”

“行了吧?”

菊黎盯着施兰。她笑着抓住菊黎的手。

“要早点回来哦！”

“一百年后一定会回来！”

“唔?”

“要么，一千年后回来啊?”

菊黎摆出戏弄人的表情说道。施兰伤心地想把抓住菊黎的手松开，但是被菊黎用力地抓住了。

“不管是一百年后，还是一千年后，我都会回去，一定要等着我，不等我的话，我会很失望的，你也会很伤心的哦！噗哈哈哈！”

菊黎帅气地扬起左嘴角，威胁着施兰。施兰很乖巧地笑着点头。

“哪怕需要一百年、一千年，我都会等下去的，你一定要回来哦！你如果不回来，我会喝一瓶烧酒，然后去找你哦！”

“呃！那可不得了，你会变成大猩猩的，哇啊，我一定要回来！好害怕啊。”

就这样，菊黎幸福地笑着看着施兰，她也露出微笑。

施兰给菊黎留下永远都无法忘记的微笑，转过身，走向专机的台阶。

菊黎生怕忘掉施兰，注视着她的一举一动。她走到最后一个台阶的时候，转过身微笑着，挥动着手。

“早点回来！”

下定决心不要流出来的泪水，像泉涌一般从两颊流了下来，看着这一切的菊黎帅气地对她笑着点头。

终于专机开始缓缓地向前滑动，逐渐提高速度，升上了天。

菊黎在原地动都没动一下，看着飞走的飞机微笑着。

“等着我。”

施兰拿起手里的行李，走向大门。

停住正要按门铃的手，轻轻地推开门，门“吱呀”一声被打开了。

温馨而美丽的家出现在眼中，在阶梯的中间可以看到正在打扫亭子的叔叔。

施兰站在原地，叔叔转过头看着施兰，开心地笑起来。

“现在才回来啊？”

他的声音非常轻快。

熟悉的脸……熟悉的声音……熟悉的场景……

“天啊，施兰！”

大婶穿着拖鞋跑过来，抢过施兰的行李。

“怎么这么晚啊？”

大婶对她亲切地说着。施兰好像无法相信这一切，她露出既诧异又开心的表情。

“进去看看吧，大小姐和会长都在里头呢！”

施兰听了大婶的话，傻乎乎地点着头，颤抖着双腿，进了屋。

一进屋，熟悉的气味扑向鼻子，还有熟悉的感觉……

贴着红色纸条的家具也找不到了，之前的凄凉感觉也消失得无影无踪。

“施兰。”

听到既亲切又温柔的呼唤声，施兰惊讶地看向传出声音的地方。

她看见一个穿着端庄的衣服，相当帅气的高个子中年男子。

施兰无法相信似的用手捂住嘴，看着自己的爸爸。

“晚了很多哦？”

奸笑着，站在爸爸身边的侑兰。

施兰开心地笑着，直接扑到爸爸的怀里，紧紧地抱住他。

“爸爸！”

“哎哟！我的女儿，过得还好吗？”

“现在没事了吗？有没有受伤的地方啊？”

施兰两眼泪汪汪地检查爸爸身上有没有受伤的地方。他看着这样可爱的女儿，连连点着头，抚摸着她的头。

“是不是受了很多苦啊？”

施兰听了爸爸的问话，摇着头，更加紧紧地抱住他。

“某人的老公小气得不得了，没有结婚的男生，竟然能做到这份上！”

侑兰一直在嘟囔着。施兰看着撅着嘴的侑兰的表情问：“姐姐是不是又跟姐夫吵架了？”

“要不，我为什么待在这个地方？” 侑兰拽拽地回答。

“哎哟！”

爸爸看着和以前一样的两个女儿，满意地笑着。施兰依然抱住爸爸，不打算松开似的，紧紧地贴着他问道："刚才的话是什么意思？"

"我说菊黎为了恢复这个家原来的样子，把原本拍卖出去的东西全部买了回来，两天前辛辛苦苦地完成了！"

侑兰笑着说道，施兰惊讶地环视着周围。

每件家具，房子的每个角落，虽然不是菊黎亲手弄的，但无处不包含着菊黎对自己的爱。

施兰得意地问侑兰："羡慕吧？"

"切！"

侑兰噌地把头转过去，施兰和父亲甄勇勋开心地笑着。

施兰重新回到了以前。

虽然已经出嫁了，但因天天跟姐夫吵架，所以频繁回韩国的不懂事的姐姐侑兰；虽然平时有些荒唐，偶尔也会失误，但依然把姐妹俩养大成人的爸爸；还有，虽然是这个家里的老幺，但好胜心最强的施兰。

施兰因找到与以前一样的幸福而感到开心。

暑期结束之后，海英女子高中和海英男子高中……不是，合并后的海英高中一开学就骚动起来。

想方设法取得喜欢的人的电话号码已经成了一种流行。

依然单纯的萱镇，突然在某一天，从上了大学的亲戚口中得知，上了大学之后就能够拿到好多零用钱，之后下决心要去韩国最好的大学，疯了似的开始学习。

因为无法控制自己耍人的脾气，隔一天惹出小事，隔一周惹出一件大事，到了高三之后，和萱镇一个班的施兰（又成了班长）受尽了苦头。

在这三个人当中，最理性的，但一疯起来谁都比不上的是郑友林。

友林原本就是学习的料子，到了高三之后，不知怎么了，拼命地学习着，他不像萱镇似的把努力整天挂在嘴边，从来都是默默学习的类型。

但终于没过多久，施兰从萱镇口中得知，友林那么努力是为了和海珍上同一个学校。

虽然海珍和菊黎之间有一些传闻，但被海珍否认了。她收到友林荒唐的告白，表现得很惊讶。表面上是这样，但事实上，两个人在一起学习的时间逐渐变多了。

就这样，两人一起消失的时间逐渐变多，海珍像是把她的初恋——韩菊黎忘得一干二净似的，迎接着新的爱情的到来。

施兰自从和菊黎分开之后，一次都没有哭过。

孩子们经常用担心的眼神看着施兰，但每当这时，她总是笑着对他们说“他会马上回来的”。

可是……还是有因为过于思念菊黎，什么事情都不想做的时候。

因为相信菊黎，因为是暂时的分开，因为菊黎会以更帅、更自豪的面貌出现在自己面前。施兰下定决心，不能只想着菊黎消磨时间。

不管何时，当菊黎以更好、更帅的面貌站到自己面前的时候，自己也要能够在他面前开开心心地笑着迎接他。

施兰一天天以幸福的心情等待着，想象着菊黎为自己帅气地笑着的样子……

第八章 终有一天会重逢

“以后再也不分开了，即使是死！”

“嗯，即使是死！”

两个人幸福地笑着，抱紧对方。周围的孩子们像是约好了似的拼命为这两人鼓着掌，瞬间运动场被欢呼声和鼓掌声包围了。

高三一年既漫长，又短暂。

在寒冷的冬天，孩子们拼尽全力考完了高考，等着成绩发布，心情复杂。

在这之前，他们迎来了毕业典礼。

成为男女同校已经一年了，海英高中诞生了数百对情侣，到处都可以看到情侣们跟双方父母在一起。

施兰倒是经常和朋友们在一起，何况在某处还有老公，除了偶尔感觉寂寞、凄凉之外就没什么了。但对萱镇来说，虽然周围有很多朋友，可是以前同甘共苦的友林也找到了伴儿，这使得他的孤独感逐渐强烈起来（谁把萱镇带走吧）。

孩子们参加了毕业典礼，成为成人之后，可以享受很多特权（如：可以堂堂正正地进酒吧，可以随便进舞厅等等），但一想起高中毕业后就能成为真真正正的成年人，孩子们更加激动起来。

以三年级代表的身份进行毕业答谢的施兰，眼睛逐渐湿润。

其他孩子也是一样。

毕业典礼结束之后，孩子们在运动场里疯了似的照着相。

“甄施兰！甄施兰！”

虽然友林、萱镇、施兰是很好的朋友，但因为之前菊黎的大吵大闹，友林和萱镇叫施兰的时候，还是带着姓。

施兰听到萱镇的声音，把头转过去……

咔嚓！

“呃！怎么突然偷拍啊！”

施兰惊叫着，跑向萱镇吼叫着。

“给我看一下，照得怎么样？”

施兰紧追不舍地跟在萱镇后面吼叫着，萱镇笑着给施兰看照片。

看了照片之后，施兰的神色变了，她想从萱镇手中抢过相机，但是……

“嘿嘿，这可不行！”

“给我！真的很难看！”

“我要把那个放到赛我网上，噗哈哈哈！”

（注：赛我网是类似于同学录的个人空间）

萱镇笑着跑开了，去为别的朋友照相。施兰看着这样的萱镇，皱着眉头嘟囔着。

“你死定了！等着瞧！萱镇！”

施兰咬牙切齿地盯着萱镇。

“感觉怎么样啊？”

施兰的爸爸勇勋走了过来，微笑着问施兰。施兰抬头望着爸爸，开心地笑着。

“当然是很开心了！嘿嘿嘿！”

“施兰！”

海珍和友林跑向施兰。

“您好！”

两个人异口同声地向勇勋问好。又和姐夫吵了架跑回娘家的侑兰优雅地笑看着孩子们。

“海珍和海珍男朋友，你们好！”

“你好！”

两人问好之后，嘻嘻笑着。

今天是毕业典礼，海珍和友林一次都没有吵过架，忙着打情骂俏去了。这使得施兰很容易想起菊黎。

但是她马上收拾好心情。

（甄施兰，现在才等了一年半，不知道以后还要等多长时间呢，现在就开始心软的话可不行……要加油啊！）

施兰自顾自地瞪着眼睛，握起拳头。侑兰摆出很没脸见人的表情，用拳头打了一下施兰的头。

“你不要摆出那种奇怪的姿势！”

“我愿意，不用你管，被赶出家门的大妈！”

“我怎么会是被赶出来的大妈？真搞笑！是我把那个家伙扔在那里的！”

侑兰辩解着。

勇勋看着一见面就会吵个不停的两个女儿，温柔地抚摸着她们的头。

“哈哈哈！现在去吃饭吧，嗯？”

“看在爸爸的面子上，这次放过你，你这个小不点！”

“得了吧，被赶出家门的姐姐！”

“喂！”侑兰气得脸色通红。

施兰摆出可恶的表情向萱镇吼叫着：“尹萱镇，不过来了是不是？我们去吃饭了哦！”

正在为朋友照相的萱镇听到施兰的声音，像子弹似的飞奔过来。

“叔叔您好！”

“好，萱镇，好久没见面了！”

“哈哈哈！那倒也是！”

萱镇笑着瞟了一下友林，友林尴尬地笑着问勇勋：“您想吃什么呢？”

“这个啊，边走边想吧！”

“在这个地方想到之后再走吧！”

萱镇帮着友林说道，勇勋放声大笑着点头。

“好吧，依你们的！”

“爸爸，我要吃牛骨汤！”

这时侑兰凑过来，笑着对勇勋说。勇勋点着头说道：“好的！牛骨汤挺好的！”

友林和萱镇以憎恨的眼神盯着侑兰，侑兰不介意似的微笑着，盯着施兰。

“什么啊？你那表情？”

施兰撅着嘴盯着侑兰，侑兰把头转过去，友林和萱镇露出坐立不安的表情。

“啊、啊、我的肚子啊！”

突然，海珍蹲坐在地上，喊着肚子疼，友林和萱镇都惊讶地看着海珍。

“喂，没事吧？”

“稍微休息一会儿再走吧！”

萱镇看着手表，对勇勋这么说道。这次侑兰以憎恨的眼神看着三个人。

“没事吧？很痛吗？”

施兰非常担心地走到海珍身边，海珍看了一下施兰的手表，马上站起身说：“呃，不痛了，现在！”

“唔？”

施兰看着海珍荒唐的行为，歪着头问。萱镇和友林大声笑着喊道：“她说已经不痛了！”

“我们去吃肉吧！肉！”

两个男生和一个女生领着路，施兰和勇勋跟着他们。侑兰叹着气，自己嘟囔着。

“晕，还真羡慕甄施兰！”

“什么？”

施兰听到侑兰的声音，把头转过来的瞬间……

“啊！”

“天啊，发生什么事情了？”

从围绕着运动场矗立的教学楼顶上，无数色彩斑斓的气球飘了下来。人们看着数都数不清的气球，惊叹着。

施兰看着这些，既感觉诧异又感到有趣。

从四方飘落下来的彩色气球都掉到了运动场上。

人们不知道发生了什么事情，呆呆地看着。

突然，施兰的眼睛逐渐瞪大，她像是无法相信自己的眼睛似的眨眨眼睛，又揉揉眼睛。

她看见扬着左嘴角的男生。

施兰不敢相信自己的眼睛，看向友林，问道：“你……你看得见那个吗？”

友林点着头：“当然看得见了。”

“你看不见吗？他可是你日盼夜盼的郎君啊！”萱镇说。

施兰听了萱镇的话，脸上泛起了红晕，笑得合不拢嘴。

她突然用双手捂住嘴，站在原地目不转睛地看着走向自己的他。

虽然他们分开生活了一年半，但两个人之间一点都不觉得疏离，心里满是重逢的喜悦。

伴随着飘落下来的气球，大家面前出现了一个熟悉的男子，女孩子开始尖叫。

“天啊，是韩菊黎！”

“呃！是真的啊！”

“听说去了美国，是来看甄施兰的吗？到底是怎么了？”

人们围着两个人议论着，但施兰和菊黎却什么都听不见，什么也看不见。

两个人的眼里只能看见对方，两个人耳朵只能听见对方的呼吸声。

终于两个人站到了彼此面前，深深地互相凝视着。

原本菊黎的头发是淡紫的，现在恢复到了原本的黑色。

与黑玛瑙般的黑色眼珠非常相称的黑色头发……

施兰看着他，伸手摸着他的头发。

“看上去是不是很像大人啊？！”

“有点。”

开心过头的两个人不知道从何说起。

“我是不是来得好早啊？”

施兰“扑哧”笑了出来。

菊黎皱起眉头，以撒娇的口吻说道：“为什么笑？来得不早吗？”

“说实话，来得确实不早。”

施兰假装生气地对菊黎瞪着眼睛。菊黎露出受伤的表情，按住心脏。

“我是多么努力！我真的是来得很早！”

“我还是觉得你不是很早。”

菊黎听了施兰的话，皱着眉头，盯了她一会儿，马上笑着点头。

“啊，啊，我知道了，你嫌我来得晚，所以不喜欢我了啊？知道了，干脆我回美国算了。

“唔？哪、哪有这种道理！”

施兰抓住菊黎的胳膊吼叫着。菊黎扬起左嘴角又问道：“我是不是来得很早啊？”

过了一年半，依然那么容易受骗的施兰。

施兰听到他荒唐的提问，静静地看了他一会儿，微笑着点头。

“嗯，回来得很早，乖！”

“什么乖啊？应该是帅呆了。”

“乖。”

“帅。”

“乖！”

“帅！”

“知道了，照你说的吧，有什么大不了的。”

施兰微笑着说。菊黎之前还像个小孩子似的大吼大叫，当看到施兰的微笑的时候，也开心地笑了。然后他将手伸进口袋里，掏出一张皱巴巴的纸，递给施兰。

施兰接过菊黎手中皱巴巴的纸张，好奇地歪着头，菊黎示意她快点打开看。

施兰露出不安的表情，打开纸张……

“呃！真的吗？这是真的吗？”

施兰开心地笑着问他，孩子们不知道是什么东西，都想凑过来看一下。

“啊，好想知道啊！看一下吧！”

萱镇飞快地跑到施兰身边，抢过施兰手中皱皱巴巴的纸张，给友林和海珍看……

“唔？韩菊黎怎么会？”

“果然惹事了！”

“了不起啊，哇啊！”

孩子们赞不绝口地看着那张纸。菊黎无情地抢过萱镇手中的纸吼叫道：“喂，你们这两个没正经的家伙！”

“呃！对好久没见的朋友怎么可以这样啊？”

友林非常受伤地说道。菊黎笑着说道：“好久？我们今天早晨商量计划时不是已经见过面了嘛！”

“啊，对了。”

友林和萱镇尴尬地笑着。菊黎马上又把纸递给施兰，得意扬扬地笑道：“我是不是很了不起啊？”

“算是吧！”

“我是不是很有能力啊？”

“嗯，辛苦了！”

菊黎递过来的皱巴巴的纸是美国一所名牌大学的录取通知书，施兰以非常感动的表情看着他。

施兰从他手中接过纸张，小心翼翼地展开。

“这可是录取通知书啊，怎么可以弄成这样啊？”

“没关系！”

“没关系？韩菊黎还是不懂……”

“我不打算去这所学校。”

听到菊黎说的话的所有人都瞪着眼睛，露出惊讶的表情。

施兰还想说服菊黎。

“但、但这么好的学校……”

“你难道不想再看到我吗？想再从今天开始一直等下去吗？如果对你说拜拜了之后又走的话，你高兴吗？”

菊黎挥动着双手问施兰。

施兰理所当然地摇着头，菊黎看着开心地笑了起来。

“我打算跟你去同一所大学，已经开始做申请准备了。”

听了他的话，施兰马上开心地笑了。菊黎像是相当帅气的王子似的，站在气球中间，单腿下跪，温柔地抓起施兰的手。

“您还记得……我要成为您忠实的奴隶的事情吗？”

施兰被菊黎不自然的敬语弄得笑了出来，点着头。

他得到了施兰的答复之后，温柔地笑着，黑玛瑙般的眼珠凝视着施兰。

“我现在已成为堂堂正正的男子汉了，所以那句话取消。”

“唔?”

“取而代之，我会成为永远守在公主身边的王子，好不好？是不是超级好啊?”

菊黎以轻快的语气对施兰说道。施兰咯咯地笑着点头。

最后菊黎在施兰的手背上温柔地吻了一下之后，站起身紧紧地抱住了施兰。

“好想你啊。”

“我也非常非常想你。”

“以后再也不分开了，即使是死！”

“嗯，即使是死！”

两个人幸福地笑着，抱紧对方。周围的孩子们像是约好了似的拼命为这两人鼓着掌，瞬间运动场被欢呼声和鼓掌声包围了。

砰砰砰！

礼花声从楼顶传来，大家都吃惊地抬头看去。

虽然不是夜晚，银色粉末飘在天空中也非常耀眼，施兰和菊黎以比世界上任何人都要幸福的表情看着天空。

当这个世上所有的风都消失的时候，

我不会去爱你。

当这个世上所有的水都干掉的时候，

我不会去爱你。

当这个世上燃烧的太阳变成冰块的时候，

我不会去爱你。

当这个世上冰凉的月亮变成火球的时候，

我不会去爱你……

因为风既不会消失，水也不会干掉，太阳也不会变成冰块，月亮也不会变成火球，所以也不会存在我不爱你的情况。

我的爱滚烫得能够融化北极的冰河，所以爱你的心永远都不会冷却。

——韩菊黎

不知什么时候开始，你在我的身边成了必然。

不知什么时候开始，对你微笑成了必然。

不知什么时候开始，和你幸福地在一起成了必然……

但我爱你，却不是必然的。

你爱我，也不是必然的。

因为……我们每一天都会比前一天爱得深。

我们相爱的事情不是必然的。

每过一天，因为对你的爱逐渐加深，所以不能说是必然的。

我们相爱的事情不是必然的。

因为每天心脏都为了爱疯了似的跳动，我无法正常呼吸。

我是这么地爱韩菊黎，每天都是新的，每天都会更加疯狂地……爱着你。

——甄施兰

番外　萱镇也拥有了一个奴隶！

“主人！等着我～银霞会让你幸福的～”

“呃～求你了，赶紧回家吧！”

到了三月，冬眠的动物们都醒来了，万物也都苏醒过来，同时也是开学的季节。

在韩国最有名的 S 大学里出现了两对奇怪的情侣。

奇怪的理由是……

“靠边去，怪物！”

“你靠边去，怪物！”

相互叫对方是怪物的一对大嗓门情侣和……

“啊！不要那么叫！不要那么叫！”

“那以后就叫我超帅的老公！”

两个女生被各自的男朋友捉弄着东奔西跑……

周围的孩子们都咧着嘴看着这两对奇怪的情侣。

因为今天是开学第一天，所以有很多人，但这四个人不在乎别人的眼光，开心地玩着。

没过多久，开学典礼开始了，幸亏典礼上他们非常安静……

“那个……”

“唔？”

海珍和施兰惊讶地看着向她们搭讪的一群男生。

她们与友林和菊黎的专业不同，刚逃出新生欢迎会，正想着早点离开这里，因为如果被前辈抓住的话，是没有辩解的理由的。

虽然这群男生穿得很华丽，感觉很时髦，但是很明显能够看出他们是一群没有品位的家伙，只不过买了相当贵的衣物，瞎穿上去。

“你们也是刚逃出新生欢迎会的吗？”

像今天这样寒冷的天气，男孩穿了一身春天的衣服，抖着身子问施兰和海珍。施兰和海珍尴尬地笑着。

“啊，是……怎么了……”

“我们也是逃出来的，大家一起玩吧！”

站在发抖男生旁边的身体强壮的男生说道。施兰和海珍傻傻地看了一会儿他们，开始叹息。

这是哪门子荒谬的情况啊？

“那个……你们还是走吧，要是出了什么事，我们负不起责任。”

因为海珍说得过于直接，两个男生皱起眉头。

“真的不是在骗你们，起码要保住自己的性命嘛！”

施兰补充道。其中一个男生稍微颤抖了一下身子，然后看向后面身体健壮的男生。身体健壮的男生“呵呵呵”地大笑起来。

“我不懂你们在说什么！性命？真是开玩笑！但是对我一点都不管用！”

施兰叹息着说道：“我们已经是有男朋友的人了，你们要么去找别人玩，要么去参加迎新晚会吧。”

“真的对我们不满意吗？”

身体健壮的男生走到施兰面前，像是在展示自己的身材似的耸着肩说道。施兰皱着眉头向后退。

“问题不在满不满意，而是我们……”

“哎哟，你们好可爱啊！还跟我们摆架子！”

冷得发抖的男生咯咯地笑着看着施兰和海珍。

“我们说了，我们不是在摆架……”

“摆什么架子？”

“什么啊，长得超丑的这群家伙是谁？”

施兰和海珍听到熟悉的声音，叹息着摇着头。身体健壮的男生和瘦小的男生同时向后看过去。

菊黎和友林的体格虽然比身体健壮的男生小，但是要比他高，身体虽然不像他那么凹凹凸凸，但是感觉很强壮。虽然没怎么打扮，但穿着很干净、利落、精神，并且嘴角一直带着微笑。

“哦！甄施兰你是不是背着我找男人啊？”

“怪物，没想到你还挺有能力的。”

虽然菊黎和友林对她们开着玩笑，但他们的眼睛一直盯着眼前这些不知死活的男生。

那个瘦小的家伙吓得躲到健壮的男生后面，健壮的男生看了一下施兰和海珍，马上掉头对菊黎和友林吼叫起来：“你们又是什么人？”

“我们？我是过路人一号。”

“我是二号。”

堂堂正正地说是“她们的男朋友”就可以，但他们偏偏说些奇怪的话来暗示。

真是不知道这两个人又想玩什么花招。

施兰和海珍听到“过路人”这话后露出好笑的表情，健壮的男生也笑了出来。

“是我们先看上的！”

“看上？”

“天啊，竟然说看上？”

菊黎和友林哈哈地笑着。健壮的男生露出不解的表情，盯着笑他的两个人。

施兰和海珍皱着眉头，用莫名其妙的眼神看着自己的男朋友。

“看上？看上？真的是你看上了甄施兰吗？”

“看上怪物？真是够没品味，你……”

“郑友林，你是不是想找死啊！”

海珍吼叫着。眼前两个陌生的男生感觉气氛逐渐变得很诡异。刚刚明明说是不认识的……但怎么会知道名字呢？

“快点走吧！友林可能正在发火哦！”

菊黎无视健壮的男生，把胳膊放在施兰的肩膀上。友林也点着头，亲昵地将手放在海珍肩上。

“喂，喂，你们……”

健壮的男生正要说什么的时候，菊黎和友林转过身一人一拳打了过去。

砰砰！

健壮的男生瘫坐在地上。

瘦小的家伙吓得不敢正眼看菊黎和友林，蹲下身看着已经倒下的男生。

“一定要用拳头吗……”

“原本想就这么走的，但他先想动手，如果我不打过去的话，我会挨打的！你希望我挨打吗？嗯？嗯？”

菊黎又开始耍赖。

施兰以无奈的眼神看着菊黎。

相当熟悉的地方。

可能这里已经结束了入学仪式，所以看不到一个学生。

这个地方是结识了这一群死党的海英高中。

孩子们到了海英高中门口，萱镇摆出超难看的表情站在原地。

“尹萱镇，真是对不起！”

友林欢快地笑着对萱镇挥着手，萱镇面无表情地点点头。

“他什么时候变得那么僵硬的？”

海珍惊讶地看着友林，友林摇摇头。

“怎么了？那个表情是？”

菊黎欢快地笑着问萱镇，走到萱镇面前的瞬间，终于知道他为什么全身僵硬。

“好啊，哥哥！”

差点把耳膜都震破了的喊叫声。

听到这个声音，孩子们的表情都僵住了，从萱镇周围散开。

“好啊，丑八怪姐姐们！”

活泼地笑着的人是谁啊？正是之前和施兰抢菊黎的小不点银霞。

她的出现让施兰有点紧张。

“你怎么会在这儿？”

“这校服又是什么？”

菊黎也跟着问道。

大家随着菊黎指的方向看过去，脸色变得更加难看。

这校服正是海英高中漂亮的校服。

“大家好，我是从今天开始就在海英高中上学的金银霞！嘿嘿嘿！”

“你为什么不回美国，怎么会在这里？”

菊黎戒备地质问银霞。银霞看了菊黎一会儿，转过头说道：“天啊，哥哥又在误会什么呢？”

孩子们听了银霞的话惊讶地张着嘴，不知道说什么是好。

但奇怪的是今天的萱镇很安静，简直是……过于安静。

“我早就对菊黎哥哥没有爱慕之情了……现在我的爱属于萱镇哥哥！嘿嘿，萱镇哥哥好好哦！”

银霞活蹦乱跳着围着萱镇转，大家露出了惊讶的表情，然后来回望着萱镇和银霞，同时对萱镇产生了同情心。

(哎哟……谁叫你当初那么主动，尹萱镇……)

（萱镇是因为什么事情被银霞看中的啊？）

大家以怜悯的眼神看着萱镇，心里各自想着。

知道萱镇和银霞关系的人只有友林。

一年半以前，演讲台上的天花板塌下来，菊黎受伤住院的时候，银霞因为菊黎身边有施兰陪伴而无法靠近，只有躲在角落里哭着，这个时候恰好是萱镇一直在安慰她。这就是事情的起因。

在回韩国的当天，银霞向萱镇告白了，但萱镇以为这是玩笑，就毫不在乎地说道："你随便吧！"然后一年半后的今天……这就是结果。

"嘿嘿！"

银霞将一张白色的张摊开给大家看，一直在呆呆地想着什么事情的萱镇突然开始有了反应起来。

"不、不可以！"

菊黎不顾萱镇的尖叫，抢过银霞手中的纸张，慢慢地读起上面的字。

"奴……隶……契……约……书？"

"呃！"

萱镇瘫坐在地上。银霞兴奋地笑着，掏出书包里的数十张奴隶契约书的复印件，摊在大家面前。

"我也打算用这位大妈的方法！嘿嘿！我爸爸欠了他三亿，我现在是萱镇主人的奴隶！"

好端端的公司……好端端的家……故意借三亿，让银霞来韩国的银霞父亲真的好可怜。孩子们看着兴奋得眉飞色舞的银霞在心里叹息。

"萱镇哥哥，我以后一定会好好表现的！以后拜托你了！我好喜欢哥哥哦！"

"呃！烦死了！放开，放开！赶紧回去！我不要那三亿了！"

萱镇从座位上站起来，疯了似的吼叫着，为了摆脱银霞飞快地跑了。银霞的脸色变得通红，摇着头大叫着。

"啊！主人，您不可以丢下奴隶就跑掉的，主人！"

"求求你了，赶紧回家吧！"

萱镇哭喊着躲避银霞，银霞像是下定决心一辈子都跟定他了似的追着。

友林和海珍惊讶地看着他们，对视了一下，笑了出来。

"金银霞会不会成功呢？"

"也许会哦！她真的好厉害！"

施兰模仿着菊黎的话说道，大家听了都哈哈大笑起来。

菊黎和施兰紧紧地抓住对方的手，像是永远都不要分开似的。

"主人！等着我！银霞会让你幸福的！"

"呃！求你了，赶紧回家吧！"

读者意见表

感谢您喜爱并购买本书！

感谢您对重庆出版社及作者的信任！

为答谢您的支持，只要收到您的来信，我们将记录下您的资料，并不定期为您寄出最新的图书资讯。

此外，只要您集齐七款“白色猫咪”书签，就可以参加我们的抽奖活动，届时我们会有神秘大礼送上！

读者反馈卡

* 姓名：__________ * 性别：□男 □女 * 年龄：______

* 购书地点：____________________

* 联系地址：______________ * 邮政编码：______

* 联系电话：__________ E-mail：__________

* 职业：

□学生 □公务员 □服务 □金融 □制造 □自由职业

□资讯传播 □IT □教师 □退休 □其他

* 您从何处得知本书消息？（可复选）

□书店 □网络 □报纸 □电视 □杂志 □广播

□朋友推荐 □其他

* 购买本书的原因：（可复选）

□封面 □作者 □书名 □图书内容 □装帧设计

□个人兴趣 □朋友介绍 □网络媒体介绍

* 你喜欢哪类小说？（可复选）

□校园文学 □武侠 □奇幻 □军事 □侦探 □惊悚

□科幻 □童话 □名著 □都市言情 □其他

* 您每年大约购买______册书？

* 您对本书有什么建议____________________

来信请寄：

四川省成都市上南大街2号长富花园3-26-3A　读者服务中心

邮编：610041